WILLSENSE

旧闻杂忆

│ 修订版 │

徐铸成
作品

04

MEMORIES
FROM
THE PAST I

徐铸成 著

上海三联书店

1973年，作者摄于上海人民公园

1940年，作者在香港

出版说明

徐铸成先生是中国著名的记者、新闻评论家和新闻教育家。他先在国闻通信社和《大公报》工作，从记者、编辑到担任地方版总编辑；其间和后来又主持《文汇报》笔政，实践自己的办报理念，在新闻界赢得了应有的地位和声誉。他的人生经历，与国家的命运休戚与共，除了青年时期经历内忧外患中的流徙和辛劳，中年时期还经受了被划成右派的屈辱和磨难，晚年则回首前尘，笔耕不缀，时有新著问世。

徐铸成先生的著作，迄今统计有 300 余万字。这包括他在《大公报》和《文汇报》期间，写下的难以计数的新闻、通讯、游记、评论等；他在 20 世纪 60 年代前期撰写的旧闻掌故类文章；他在 1978 年后陆续撰写的大量回忆史料、小品掌故、人物传记和新闻学术论著；

还有日记、讲稿、政治运动中的思想检查和活动交代以及一些未发表的文稿。

本系列作品收入了徐铸成先生撰写的回忆史料和小品掌故类著作。包括他在 1964 年撰写的《金陵旧梦》，1978 年后撰写的《报海旧闻》和三部《旧闻杂忆》，以及 1947 年至 1957 年、1977 年至 1978 年的日记。

本书是徐铸成先生于 1978 年至 1981 年写的一部回忆掌故文集。

1978 年 12 月至 1983 年 1 月，徐铸成先生在香港《文汇报》和《羊城晚报》开设了"旧闻杂忆"专栏，陆续把自己在三十多年报人生涯中经历的人和事以杂文和杂感的形式写了出来。1981 年，由香港三联书店部分结集出版，定名为《旧闻杂忆》。同年，四川人民出版社出版了《旧闻杂忆》简体中文版。1990 年前后，作者又对《旧闻杂忆》中的部分篇章做了修订。

作者在许多著作中都使用了"旧闻"的说法。他认为，自己在经历了二十多年的磨难后，年齿日增，衰鬓已斑，"新闻"对于他这个从事了三十多年新闻工作的"老者"来说，已经失去了意义。因此要利用余年，搜索枯肠，把自己经历的"旧闻"写出来，以利后人温故知新。

按照作者的说法，他的回忆文章可以分为三个部分，以回忆个人经历为主的是《徐铸成回忆录》，以叙述报纸历史和重大新闻事件、重要人物为主的是《报海旧闻》，把自己在新闻生涯中遇到的人和事以逸闻、掌故的形式结合自己的思考、体会表达出来，则是这本《旧闻杂忆》。这三本著作合起来是他对自己的报人生涯和所处的那个时代的整体描述。

本次整理出版，做了一些修订，以《旧闻杂忆（修订版）》名之。

徐铸成作品编辑部

2022年8月

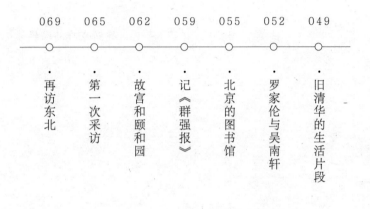

目 录

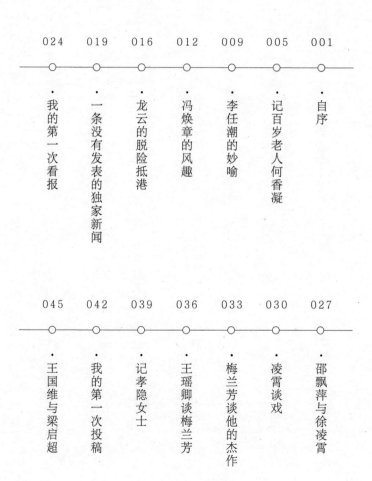

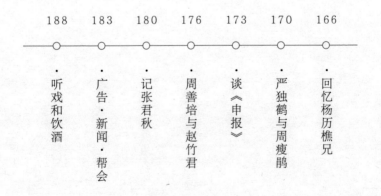

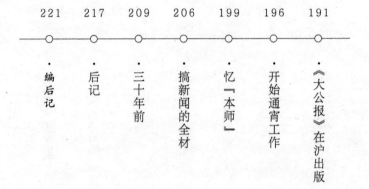

自 序 *

难忘的一九七六年十月以后，总觉得心急火燎似的，想写点什么，以贡献于新的时代。

"雪藏"了二十多年的秃笔，要写应时之作，自然不可能。于是，就开始写"旧闻杂忆"，翻箱倒箧，把脑子里的破烂都倒出来，让读者拣选，看有什么可以保留的一鳞半爪没有。

不少老朋友看到后，来信给以热情鼓励，说难得到了这样的岁数，记忆力还这么强。我只得暗中说声惭愧，在这里交代一段秘密：

一九六八年春，我被陈伯达、姚文元所控制的《红旗》杂志再一次点名批判，并"钦封"为"鼎鼎大名……"，从此以后，我于奉命检查之余，偷偷地把毕生经历，回忆记录下来，积久约得十余万言。

---

* 本篇为香港三联书店1980年版《旧闻杂忆》的序言。

写下这些的目的，倒不是为了"翻案"，也的确没有想到还有天日重光的今天。只是想如实地向子孙们交代，让他们细细审查我的一生。

这就成为我今天写旧闻的底本。自然，也有不少是两年多来看到一些新生事物，抚今追昔，触发而写出来的。

我从事新闻工作，开始于北伐胜利以后的一九二七年冬，到一九五七年被夺去了笔，恰满三十年。

这三十年中，我们的祖国，天翻地覆。就我个人来说，这三十年的经历，是既简单又复杂。始终从事新闻工作，而且一直在《大公报》《文汇报》这两个报里兜来兜去。这是简单的一面。另一方面，我曾参加开创（组织编辑班子，领导编辑工作）五个（次）报馆——抗战时初创的上海《文汇报》、胜利后的上海《大公报》、香港《文汇报》、北京《教师报》和一九五六年复刊上海《文汇报》。也曾亲手埋葬（被封、被迫，有的出于自动）五个（次）报馆——抗战时"孤岛"的上海《文汇报》，太平洋大战爆发后的香港《大公报》、桂林《大公报》，解放战争期间的上海《文汇报》和一九五六年春上海《文汇报》的一度自动停刊。真可说是饱经沧桑了。

从当练习记者开始，直到主持"笔政"，其间从采访体育新闻到采访政治新闻，从国内采访到国外采访——朝鲜和苏联，并曾编辑过教育、经济、副刊、要闻各种版面，也可说从跑龙套到生、旦、净、末、丑各种角色都扮演过了。而即使在主持"笔政"的二十整年中，也没有忽视过采访工作。记得张季鸾先生曾说过，新闻记者最根本的职责是"记"，如果当了老记者就忘记了"记"，那就只剩下一个"老者"，失去记者的天职了。所以他在逝世的前几个月，还扶病为创刊不久的桂林《大公报》草拟重庆专电新闻稿。我一直记住他这句话。在我搁笔以前，"访苏见闻"还没有写完。

我把三十年中在新闻工作岗位上的亲历，一一回忆，拣取自以为值得贡献的东西，都记录下来，让关心中国近代新闻史的人们加以挑选，也许可以从中拣出一点半点的素材，像从破烂里拣出一把破木梳或一柄断了骨的扇子一样。而对于正在摸索的中国新闻工作的道路，也许可以从中吸取一鳞半爪的经验和教训。

三十年，跨越四个历史时期，亲身经历了不少重大的历史回目，作为新闻记者，当然应该比一般人了解得多些、深些，或者说更真切些。也接触过各式各样的人物。在共产党方面，毛泽东曾接见过我一次；周恩来曾三次约我交谈；曾听过恽代英的动人演说。我到北京读书时（一九二六年），鲁迅恰在那年离京赴厦门讲学，因而失去受业的机会（他原在师大也有几点钟课），却在他入京探亲时，听到他在师大风雨操场的一次讲话。唯一遗憾的是，没有见到过孙中山。此外，革命志士、文化学术界人士，接触的不算少。在国际领袖方面，见到过赫鲁晓夫、金日成和胡志明；也看见过莫洛托夫、马林可夫、卡冈诺维奇这几位，正在他们被搞下去的前夕。至于国民党方面，从蒋氏父子、二陈、孔、宋到正牌、杂牌军人，而政客、官僚接触过的就更多了。其他的，和汪精卫谈话不止一次，溥仪和郑孝胥在他们未出关前，也曾有一面之缘。总之，三十年来的接触面是相当广的，由于职业的关系，积累了不少第一手的史料。

自然，这里面未必有多少珍奇瑰宝，如果要求不太高，从中觅取一些现代史的片段资料，也许不致十分失望。

写的都是亲身经历，耳闻目睹，不加增饰，不掺入道听途说；既无荣宝斋的水墨复制，也摈弃罗振玉式的自制古董。对人、对事，都力求其真实。对己，既不妄加油彩，也不乱涂白粉。自然，由于年深日久，记忆不免有遗忘或失真之处，加上水平有限，写作不生动，词不达意，剪裁评议，只凭一孔之见，所有这些缺点，不仅在所难免，而且肯定是不少的。

这些回忆录，香港《文汇报》还在继续连载下去。已发表的和不便在报上刊载的，约有十余万字，我把它重加修订，编成一册，三联书店愿意出版，因此先作为第一册付梓。

一九七九年五月于上海

记百岁老人何香凝

一九四八年春夏之交，我正准备秘密离沪赴港筹备创刊《文汇报》。有一天，忽然接到黄任之（炎培）先生的电话，约在某处面谈。晤面后，他先询问我赴港的确期，然后说："想在你赴港以前，约在沪的朋友座谈。一则是谈谈对于中共中央最近关于召开新政协会议号召的意见；二则，何香凝老人七十寿诞快到了，拟共同预备一点纪念品，请你带去，代表我们大家祝嘏。"

约会的地点在大世界附近的盛丕华先生开设的"红棉酒家"。参加者除黄、盛两老和我外，还有陈叔通、施复亮、俞寰澄、包达三等约三十余人。对于第一个问题，大家一致表示热烈拥护。关于祝寿问题，已准备好了一个册页，由黄任老撰稿并请陈叔老亲笔写好了一篇祝寿文，由在场的人一一签名。散会前，黄任老郑重地把这个寿册交给我，并且说："希望早日看到香港《文汇报》的出版。"

大约一星期后，我就到了香港。

香凝老人寿诞那一天，我随同李任潮（济深）、陈劭先、朱蕴山诸先生前往祝贺。我首先把这个寿册捧交给她，她老人家十分高兴，并一一问起黄、陈诸老的近况。随后，她很兴奋地说：“听说你要到香港来办《文汇报》，那太好了。我们就盼早日看到一张代表人民说话的报纸。”又再三嘱咐我吃完饭不忙走，说：“你是搞过多年新闻工作的，我有些亲历见闻想给你谈谈。”

那天，在港的民主斗士和文化界知名人士几乎全到了，除我早已认识的沈钧儒、郭沫若、谭平山、马叙伦诸老以及夏衍等朋友外，还初次认识了方方、连贯、许涤新等民主战士。

客散以后，香凝老人把陈劭先先生和我引到书房前的一个小庭院里，在树下安排了小几、藤椅，坐定后，她就很安详地谈开了。她说：“黄埔军校建立之初，仲恺是财政部长兼广东省长。当时，杂牌军阀横行，财政开支十分困难。但是，仲恺对黄埔的经费，总是千方百计予以维持，从不拖欠。有一天，他回家时愁眉不展，说这个月黄埔的经费还缺两千元，无论如何无法凑齐。于是，我把仅有的存款和当年母家给我的妆奁首饰，扫数清出来交给了他，总算勉强解决了他的困难。”

她老人家喝了口茶接着说：“对于蒋介石的面目，我是早就有所觉察的。大约在‘中山舰事件’发生前十天，有一位秘书告诉我：‘这几天有个怪事，所有一向积存在书摊和旧书店的某期《黄埔半月刊》，几乎全被人收买光了。’我听了很奇怪，就请这位秘书到一家相熟的旧书店去设法买来了一本。我翻开一看，原来载有蒋介石在黄埔纪念周的一篇讲话，全篇的口气都很'左'，其中有一段话：'革命一定要联俄、联共。今天，虽然总理已逝世了，不能再领导我们的了，但我们还有鲍顾问（指鲍罗廷）继续领导我们革命到底。'看到这些，我心里就想，蒋介石一定要变'卦'了，一定是他派人收毁了这本刊物，想消灭他言行相背的罪证。果然，没有几天，他就制造了'中山舰事件'，从此，一步步走上了反革命的道路。"

她还很感慨地说："仲恺苦心维持黄埔军校，决不是因为他是军校的党代表，而是因为先生把黄埔当作培养革命武装的熔炉。而蒋介石却盘踞黄埔，以此作为他进行反革命的资本！"

我注意到她谈话时，每谈到孙中山，必敬称先生而不加姓、氏，谈到宋庆龄，也必称夫人。我不由深深敬佩这位毕生追随孙中山先生的战士的崇高品德。我说："要是孙先生还健在，看到今天的形势，该多么高兴啊！"

她老人家很兴奋地说："是啊！我们这些追随先生多年的老同盟会员，多由衷地感奋。先生所手创的革命事业，因反革命和投机分子的破坏，特别是蒋介石的彻底背叛，而告失败。今天，由于共产党和毛泽东的领导，革命即将成功，先生的理想不仅将完全实现，而且中国的前途，显然将比我们所理想的更好、更光明。我们能及身看到这光明在祖国出现，怎能不由衷欢呼呢！"

谈话约有两小时，我怕影响她休息，就和劭先生欣然向她告辞。

老人在前几年九十几岁高龄时逝世。今年，算来恰是她的百岁纪念。而今之中国，正在渐入正途。老人九泉有知，又该多么欣慰啊！

李任潮的妙喻

一九四二年春，我于港九沦陷后到了桂林，主持桂林《大公报》笔政。

那时，李济深（任潮）正任桂林办公厅主任，至少在名义上是南方残破江山的最高军事领袖。

他在"九一八"前，被蒋介石囚禁在汤山一个相当长的时期，原和蒋是宿敌。那时，怎么又被蒋"重用"的呢？谁都知道，当时，南方一些战区长官，如驻在长沙的薛岳、韶关的余汉谋、柳州的张发奎，都是从老四军系统出身的，而李是四军的老军长，蒋是想借这座桥梁，拉拢、安抚这些非嫡系将领。

在旧军人中，李向以忠厚长者见称，也较能接近进步的文人。当时，陈劭先、陈此生等都在桂林，不少在重庆无法安身而又不能远飞海外的文化人，大都迁居到桂，一时桂林被目为"后方"的文化城，主要原因就在此。

大约在一九四三年初，忽传白崇禧到了桂林，而且说他将定居桂林，重拉山头，重新向蒋闹"独立"了。为了探询究竟，我去访问了李济深，名义上是"入村拜土地"，作为我到桂林后的正式拜访。

他给我的印象是态度和蔼，谈吐不俗。照例寒暄以后，我单刀直入问起白今后的动向。

他含笑说："你大概听到些谣传了。其实，健生哪有此胆量？而且，今天已飞回重庆去了。"

我忙问："那究竟是怎么回事呢？"

他说："他和蒋闹别扭是真的。原因是蒋去参加开罗会议，健生原想一定会带他这个参谋总长去，不想却带了何敬之（应钦），因此，他一直不痛快。这次，借故飞回了桂林。蒋回到重庆后，昨天给他来了一个电报，许了些愿，他于是就欣然回去了。"

我说："这也可以看出这个人的骨头。"

他忽然忍不住笑地问我："你知道过去北京有一种'上炕老妈子'吗？"

我莫名所以地笑道："在我上大学的时候，就听到过了。"

"健生这个人，其实连一个妾侍都不如，撒了一阵娇，被主子拉拉袖子，就乖乖地'上炕'了！"

以后的十几年，我和任潮先生不断有所接触，却从未再听到他对人有过这样辛辣的评议。可见，那次他对白崇禧的所作所为，实在引起由衷的鄙视。

一九四六年秋，我已重回上海《文汇报》。有一天，一位吴先生（吴信达）来看我，说他是李任公的秘书，李已由南京（当时他的名义大概是军事参议院院长）到上海，很想早日和我见面。第二天，我如约前往愚园路访问。任潮先生很关心地问起《文汇报》的情况，并加了一番赞扬。接着说："在抗战临近结束前，我们党内（国民党）一些志同道合的同志，如冯焕章（玉祥）、龙志舟（云）等不断秘密接触，都觉得这样的独裁黑暗局面，不能再让它继续下去，大家商定了些对抗计划。胜利后，我们就决定先筹办一张报纸，宣扬民主，反对独裁、内战。正在积极筹备中，看到了你们的《文汇报》，很满意，大家觉得我们想说的话，你们都说了，而且很透彻。我们也找不到像你这样办报多年的报人，自己办起来，未必能这样出色。因此，决定把这个主意打消了。"

我感谢他的鼓励和谬赞，也向他介绍几个出色的同事们的品学劳绩。

他又关切地问起《文汇报》的经济情况。我说："在国民党的多方压制下，维持自然很困难。但我们早已约定，不接受任何政治性的投资。在读者热情支持下，相信总会生存下去的。"

他听了，再没说什么。

临别的时候，他忽然问我："冯焕章说，他和你是老相识了。你们是什么时候认识的呀？"

我笑着说："那是十七八年前的事了，也只见过两面，想不到他的记忆力这样好。"

冯焕章的风趣

我究竟什么时候认识冯玉祥，又是怎样见面的呢？说来话长。

一九二九年蒋冯第一次大战后，冯因部下的韩（复榘）石（友三）被收买、倒戈而失败。那时，老奸巨猾的阎锡山，以"密商联合反蒋"为饵，把冯骗到了山西，以后却再无下文。

《大公报》很想了解此中内幕，总编辑张季鸾先生在西北熟人很多，原可以自己出马，但怕目标太大，会引起别方面的误会，因此，想让我这个初出茅庐的年轻记者去试试（那时我才二十二岁）。大概他在我几次探访体育新闻中（详情以后再谈），看出我有些新闻才能。

我到太原后，访问了张的老朋友李书城先生，他当时是拉拢冯阎联合反蒋的一个重要幕后人物。他简要而形象地向我介绍了冯阎之间的关系和当时太原的空气。他说："焕章未始不知道阎百川的投机善变，言而无信，他自己暂时走投无路，所以决心冒险来此，想以利害争取他。阎百川呢，现在已把焕章当作奇货可居，向蒋要索了。'你看，老虎已被我关在笼子里了。你要不满足我的要求，我就把老虎放出来。'的确，老蒋也别无办法，要钱给钱，要枪出枪，要什么官就封什么官。看来，这局面是一时难以改变的了。"他是陪同冯过风陵渡潜来太原的，对冯负有道义责任，所以言下很难过。

过了两天，我设法到了晋祠，冯就被软禁在那里。我见到了冯和李德全，并陪他们在晋祠名胜遛了一圈。

自然，在这种气氛下，是不可能谈什么深入的话的。我只是从旁观察了冯的生活和情态以及晋祠周遭的空气。回来后，在报上写了一篇《晋祠访冯记》，素描了冯的处境和太原的政治空气。

过了几个月，冯的旧部刘郁芬、宋哲元在甘陕再次举兵讨蒋，战争一度相当激烈。我又奉命再往太原采访。那时，阎已把冯移囚于他的家乡五台县建安村，并加强了警戒。冯那时的机要秘书雷嗣尚是我在北京师大的高班同学，好不容易打通了关节，一天清晨，我和他同车前往建安村。

那时正是数九严冬，出了太原城，一派北国风光，原驰蜡象；车子在高低不平的高原公路上行驶，轮子多半被积雪吞没，真是"一行二三里，停车四五回……"，不时"抛锚"，而行时车速也极低。从清早六时出发，傍晚才到了目的地，又经过几道的盘查，才终于进入了冯的住处。

见面时，冯正准备吃晚饭，就请我们一起用餐。菜很简单，四盆荤素，中间一个火锅。吃饭间，他先问我多大年纪。我说了。他说："呵，这样年轻，就有这样的才学，我像你这岁数时，还在北洋军扛大枪呢。"大概他已看到我在报上写的通信了。

接着，我就问："最近，前方（指刘、宋的西北军）有什么捷报来没有？您看情势怎样？"

他笑着说："我的消息，哪有你们新闻记者灵呀。老实告诉你，我现在新闻的唯一来源，就是它。"说着，把筷子指着桌上的火锅。

我听了莫名其妙。他马上以讥笑的口吻解释说："每次，他们（指刘、宋）打好了，火锅里就有了肉片、肉丸；如果只有白菜、粉条，那一定是他们失利了。这是我屡试不爽的。今天，你看，这里面肉片、肉丸不少，还有几条海参，看来，一定又打了大胜仗了。"说罢，他放声哈哈大笑起来。

这一席风趣的话，其实把他自己的处境、他和阎的关系，以及当时大局的情势，都说清楚了，而且把阎老西的刻毒、狡猾和目光短浅的势利小人的面目，也刻画尽致。我暗中盘算，这次来山西采访的主要目的，基本上已达到了。所以就只和冯再谈了些闲话，谈了些他问我的外面的情况，再不谈正事了。

翌日回到太原，就摒挡行装，离并回津。

以后，就再未见到过冯，想不到事隔十七八年，他还记得我这个年轻记者。

一九四九年我由香港到北京不久，曾和余心清先生闲谈。在冯出国旅行期间，余曾任他的秘书。余先生说："我四八年回国的时候，冯先生一再叮嘱我，过香港时务必去《文汇报》访问你，问问国内情况，千万勿操切去沪宁。可是，轮船在港停留时间不长，未能去看你。我到上海后，就被特务抓了，关在南京好几个月，和谈时才被释放。"

余还告诉我，冯先生由西欧乘苏联船经黑海赴苏，准备回国参加新政协，不幸在看影片时失火，他们全家已安全逃出放映室，但冯先生听到有小孩呼救，又奋身回舱抢救，结果竟遇难了！

这也说明，这位"倒戈将军"的后半生，是越来越勇敢地倒向光明的。

龙云的脱险抵港

老读者大概还记得，香港《文汇报》创刊不久，曾刊载过一条颇为轰动的"独家新闻"：《龙云昨脱险抵港》，那是我自己采访的。

我曾由友人介绍，认识了李一平先生。他曾任云南省参议会副议长，因倡导民主，受蒋帮迫害，流亡海外。他为人豪放，颇有胆识，我们时相过从。

一天晚上，我正在荷李活道的"斗室"中伏案写社论，忽然接到李先生的电话："有一位老朋友今天到了，急于想见见你；你抽些工夫，快到浅水湾来一趟罢，我已派车子来接你了。"我问是谁，他答是"我的旧居停"。于是，我连忙把社论写完付排，并关照要闻版的编辑，在拼版时，给我留一块三栏高的约一千五百字的地位。同事们忙问有什么重要新闻，我笑着说："回头你们就知道了。"说毕，就出门登车而去。

前文曾提到，李任潮曾向我提起过龙云。一平先生也一再说龙志舟很爱看上海的《文汇报》，并曾说："龙有一个儿子在密苏里大学学新闻，他很有意让儿子回国后拜你为师。"我只一笑听之而已。

车子开进浅水湾附近一个大别墅里，李和一位黑而清癯的老人已立在廊前等候。进客厅略事寒暄后，龙就详谈他由宁来港的经过："我被蒋介石由昆明囚禁在重庆的详情，想必一平已和您讲过，不必谈了。后来，蒋又把我移解南京，名义上叫我当军事参议院院长，实际仍是囚犯。我住的房子对面，有特务修了一座高楼，四周也有军警昼夜布岗。我每次出门，总有一辆汽车跟踪。朋友们来看我，更要经过严格的盘查。"

我为了赶报纸截稿的时限，急着打断他的话问："那末，你是怎样脱离虎口的呀？"

"我有一个老部下，在昆明时就和陈纳德来往，颇有点交情，我请他慢慢地和陈谈这笔'交易'，要他们负责保护我上飞机，并负责把我送到香港。经过几个月的磋商，终于谈妥了。今天清早，陈的航空公司的一个美籍经理，特地到我家来'访问'，我化了装和他一起乘车到达机场。那时，一架运输机已升火待发，他把我送上飞机，立即起飞。下午到了广州，已有一艘专轮在等候着。两小时前，我就平安到了这里了。"

我说："陈纳德的汽车、飞机，特务们自然不敢搜查，而且蒋介石及其爪牙们也可能决不会怀疑这样支持他的那个美国'朋友'。可是，你究竟花了多少代价，买通了这位美国'朋友'的呀？"

他说："五万美金。"

我说："真是有钱可使鬼推磨啊！"说罢，主客都哈哈大笑。

我匆匆辞别回馆，急忙写了这篇新闻。自然，关于这笔交易的细节，只能略去了。

《文汇报》这条独家新闻，不仅轰动香港，也使国际上大感意外，至于"宁国府"的大伤脑筋，手忙脚乱，更不在话下。

一条没有发表的独家新闻

关于龙云脱险，虽说是独家新闻，其实我并没有施展什么"资产阶级采访技巧"，是"得来全不费功夫"的。经过，我已在前文坦率地谈了。

在我几十年的记者生涯中，自以为最得意的一次采访，却是青年时代探索有关冯玉祥秘密离开太原的消息。不仅在采访、报道等方面很动了些脑筋，而且和张季鸾先生在内外默契上，也可说是十分出色的。

前面已经谈过，冯玉祥被阎锡山骗到山西，先软禁在晋祠，后移囚于建安村。到一九三〇年春，内战的消息又甚嚣尘上，我又奉命前往太原看看究竟。

到太原时，听说冯玉祥已移住城内的傅公祠（纪念山西有名文学家傅青主的），我曾几次想去访问，都不得其门而入。

一天早晨，我去山西大饭店（当时太原最高级的宾馆和交际场所）串门，走进冯的秘书们留守的房间，看到雷嗣尚等正在围桌打牌，不觉"灵机"一动，难道冯已离太原重返建安村了？因为我知道冯对部下极严厉；再说，冯如仍在此，他们决不会这样悠闲。我跟他们敷衍几句，立刻驱车去访问冯的总参议刘治洲先生。到了刘的寓所，他刚吃罢早点。我不经意地问："定五先生，冯先生已离开太原了罢？"真是"言者无心，听者有意"。他大吃一惊地问："你是怎样知道的？"我感到其中有"文章"了，还是装出轻松地说："我是新闻记者呀。"他更紧张地说："不，这消息你是不可能知道的。你可千万不要随便发表。"

刘先生是老实人，而且我和他相知较浅，不宜再寻根问底；再三向他说明，我决不发表，就告辞赶去访问李书城先生。

李先生信佛，每天早晚要"打坐"，他"功课"完毕后出见。我怕也使他吃惊，先把问的话说"完全"了。我说："我已知道冯先生已离开太原，也知道此事关系重大，保证决不发表，但请你把经过详细谈谈，让我明白底细。"

他说："这事的确关系重大，昨晚冯先生走时，只有阎百川（锡山）、贾景德、刘定五（治洲）和我几个人送他，连赵戴文都不让他知道。消息封锁是很严密的。"

我说："怎么阎会轻易把冯焕章放走的呢？"

他笑着说："卖弄聪明的人，总不会永远得逞的呀。冯被囚后，他的旧部当然很不平；而南京方面，对阎的要挟勒索，也有欲壑难填之感。去年年底，鹿瑞伯（钟麟）到山西探望，在建安村和冯晤了一面，他们商谈些什么，就不清楚了。总之，他不久就去了南京，蒋两次召见，商定了共同打阎的计划，决定冯的旧部，出潼关过黄河进攻山西；刘峙（当时的河南主席）率'中央军'沿平汉路北进；韩复榘、石友三部则沿津浦路北进，两路会攻阎所控制的河北、平、津。"

"阎得知这个风声后，极为焦急，先把冯请回了太原。前天晚上，他向冯一再赔礼道歉，然后说：'二哥（也和蒋冯一样，他们曾换过"兰谱"的），蒋的为人，心狠手辣，把我收拾了，恐怕也不会放过您呀。'冯说：'这个，我早比你清楚，我反这小子，是铁了心的。'阎说：'目前的局面，二哥你看怎么办呢？'冯说：'要把这局面翻过来，只有我自己去。我没有别的要求，只要让我带五百万现款到潼关，我就立刻下令和你一起对蒋讨伐。'阎连声诺诺。昨天黑夜，冯已化装离并赴潼。五百万元和军械等等，大概也同时起运了。"

李先生又接着说："军事机密是十分重要的，蒋今天还在做联冯反阎的梦，他可能已下令平汉、津浦两路北进，冯到潼关下了动员令，就可能直下陇海路，直冲河南、徐州，把蒋军截为两段，这样，就先声夺人，初战获胜。如果让蒋知道这消息，形势完全不同了。而从去年阎表示倾心拥蒋以后，蒋的特务，公开地、秘密地派来太原，不知有多少，而且山西省党部等等机关，也多安插了南京派来的人。所以，阎对这一幕，不能不竭力做得十分机密。"

我听了李一席话，清楚了此中底蕴，也认为，作为新闻记者，对这样有关大局的机密消息，是不该轻易发表的。

这样一条有关大局的重要新闻，虽然不该公开发表，但是我想，应该设法让总编辑了解此事，以便他在新闻处理上心中有数。

到电报局打听，除了新闻电向例要严密检查外，那几天来，连一般商电，也要由检查官检讫盖章，才准发出。

在这万般无奈之际，我想起太原电报局有一个姓杨的发报员，他是无锡人（那时，太原的外江人很少），我们曾同过席，认过同乡。于是，我打电话约他到我旅舍吃便饭，并对他说，我有一个亲戚遭了丧事，想早些通知他在津的亲属，是否可以特别帮忙，不经检查，打个商电出去？他满口答应，说检查官隔个把小时就要去过一次瘾（抽鸦片），趁此发出去，没问题。

我再三道谢，并把早已拟好的电稿交给了他。

电文是这样写的："天津四面钟对过胡霖表兄鉴，二舅真晚西逝。但请勿告外祖，以免过悲。寿。"

"四面钟对过"是当时《大公报》的地名，胡霖是胡政之的姓名，不像"张季鸾""胡政之"那样为人所熟知；二舅者，隐指二集团军的头头即冯玉祥；"真"是十一日的韵目代号；西逝者，"逝者如斯夫"，也可作西去解；"勿告外祖"，自然是说不要公开发表。我想，所有这些，富有新闻经验的张季鸾先生是不难一眼就清楚的。

果然，这个电报很起作用。在以后的几天中，阎锡山为了放烟幕，天天发布新闻，说他怎样去访冯，"晤谈甚欢"，或者说："冯于某日接见了某某代表。"说得煞有其事。而南京方面呢，则以为蒋冯联合对阎之局已定，每天由"中央社"发表"太原电"，不说冯玉祥在并如何受监视，就说冯的旧部如何对阎愤慨，以继续挑拨冯、阎的关系。这些白昼见鬼的所谓新闻，只有《大公报》一条也不予采登，而在十二日的《大公报》的要闻版上，头条新闻明明是一般时局消息，却在大标题后，用五号小字刊了一行消息："北京电话：据太原来人谈，冯玉祥于十一日起，不见客。"我看了暗暗钦佩张季鸾的聪明。他这是"录此存照"的手法。当这一新闻内幕完全揭开以后，读者一定会疑问：《大公报》固然没有刊登这些谣言，但是，为什么没有及时报道真相呢？他们一定会翻前几天的报纸，当看到这一小条新闻，会恍然明白："原来《大公报》不是不知道，而是认为不应该早披露的"，也就原谅了。

我回到天津，季鸾先生对此事也津津乐道，说那天他处理好这新闻后，曾去访问二集团军驻津代表林叔言，问有没有接到冯离开的消息？林不信有此事。直到三日后潼关已下了动员令，他才接到冯到陕的电报。季鸾先生说："叔言那天还对我说：'你们的记者真是神通广大啊！'"他对我转述这句话，自然带有表扬的意思。

这种采访"经验"，今天看来，自然早就过时了。但长期以来，我一直以为是得意之作，所以，时隔近半个世纪，我还能回忆出它的细节，连电稿也一字不漏地记得。

我的第一次看报

我在少年时代就爱看报了。这倒不是我对新闻有什么"天才",当然更不是我"命"里"注定"要吃半辈子新闻饭。实在是一个偶然的机会,引起了我看报的兴趣。

一九二○年,吴佩孚还只是一个师长,毅然宣布反对南北战争,自动撤兵北上,一连打了几个"通电",声讨亲日卖国的段祺瑞政府,当时很骗取了一些人对他的同情;后来,终于发生了直皖战争,把安福系赶下了台。

我那时才十二岁,刚进高等小学,已经看过几部古典小说如《三国》《水浒》之类。听到长辈们谈起吴如何出奇兵,如何在洋铁桶里燃放鞭炮以吓退敌军的故事,眉飞色舞,绘影绘声,仿佛诸葛亮、赵子龙重见于今日。于是,我就产生了一个希望,想自己看看报,亲自了解这位活英雄的业绩,以及推翻了段祺瑞这个坏人以后,他将如何治国平天下。

我们宜兴当时是居民大约不满万人的小县城,没有什么张贴报纸的地方，亲戚中也没有一家订阅报纸。只有城隍庙附近的育婴堂大门口，我曾看见贴着"公共阅报处"几个大字。有一天，我终于壮着胆子走进去了。原来，这个育婴堂，就设在送子观音的庙里，正厅三间，中间是送子观音的宝座，香烟缭绕，红烛高烧，还有不少新新旧旧的红布条，披在这位观音的头上、身上，大概是求子得子者的献礼。左边这一间，却有两三个三十岁模样的村妇，在喂养那些弃婴，我那时当然还不清楚，为什么有人千方百计求生儿子，而有人却甘愿把亲生儿女抛弃到这育婴堂里来？

右边那一间，有一张长方桌子，四周安排着长条凳，桌上散放着报纸。不问可知，那就是"公共阅报处"了。那时已有一位老先生，戴着眼镜，在认真翻阅。我也就大胆坐上条凳，拿起报纸来看。原来只有两份报——《申报》和《新闻报》，我翻一张，再看另一张，只见全是广告和什么《快活林》的副刊之类，正在头上要冒出汗珠的时候，才找到了"专电""外电"栏，果然，从里面跳出了"吴佩孚""张作霖"等等的名字。耐心一个字一个字地看下去，也模糊地看懂了北京组织了新政府，安福祸首如何被通缉之类的国家大事。

我们这个小县城，纵横只有一里，城隍庙在城中心，却占着不下十亩那么一块地方，其中，除城隍老爷的办公厅——大殿之外，还有戏台、十殿阎王以及其他附属机关如吕祖殿、财神庙、痘神庙（听说是保佑孩子出天花不长麻子的）等等，而且，大殿以后，还有城隍的"公馆"，这是要在特定日期才开放的。我曾去里面参观过，有花木扶疏的小花园，有他们贤伉俪闲坐的厅堂，还有陈设十分富丽的寝楼，而且不仅奶奶和丫鬟们的塑像栩栩如生，连城隍老爷也满面笑容，不像大殿上那么横眉怒目。

总之，这座城隍庙，是我们全城唯一的游乐之地，过年逢节有社戏，平时也有耍猴戏和卖梨膏糖的"小热昏"，还有一些零食摊头和测字、卖卦的。同时，又往往是从南到北、从东往西的必经之路，我每天上学，包括回家吃午饭，每天得四次经过这里。

而附设"公共阅报处"的送子观音庙，其实也是城隍庙的附设"机关"之一。

自从第一次看报以后，我每天午饭后就提前离家，先去育婴堂看十几分钟报，慢慢地就上了"瘾"了。

邵飘萍与徐凌霄

　　我十五岁考进了无锡的省立第三师范。从此，才有认真看报的机会和识别能力。阅报室里，不仅有上海当时所有的大报——《申报》《新闻报》《时事新报》《时报》《民国日报》，还有当地出版的《锡报》和《新无锡报》。我的注意力，也逐渐从"专电""外电""要闻"逐渐扩展到通信，各地新闻和几个当时颇为出色的副刊如《学灯》《觉悟》之类。而对我最有吸引力，看到必细细阅读的，是几家报纸的"北京特约通信"。每篇都署了名，如《申报》的飘萍通信、《新闻报》的一苇通信和《时报》的彬彬通信。文笔各有风格，而都能夹叙夹评，酣畅地或曲曲折折地描述出北京政局钩心斗角的内幕和一些军阀、政客们的面目，使我对北洋政府和北洋军阀，有大概的了解。

　　事有凑巧，若干年后，这三位先生，都直接间接和我发生了关系。

一苇，后来我知道就是张季鸾的笔名，他曾长期担任《新闻报》的驻京记者，直到一九二六年他任新记《大公报》的总编辑时，还兼任这个职务一个时期。我在《大公报》先后任职十八年，长期受他的指引和熏陶，关系之深，不必谈了。

彬彬，是徐凌霄的笔名。他是我的同乡，又是我的疏房长辈。戊戌政变时，因曾推荐康、梁，并代康有为呈递奏折给光绪而被西太后那拉氏下旨"永远监禁"的侍郎徐致靖，就是他的胞叔；而在湖南当学政使，吸引梁启超去办时务学堂的徐仁铸，则是他的堂兄。我进《大公报》以前，就在《大公》的姊妹刊物《国闻周报》上，看到他和他的兄弟一士写的长篇连载——《凌霄·一士随笔》，谈清末民初掌故，如数家珍，使我十分心折。

我于一九二七年冬进《大公报》，因为是半工半读（还在北京师大读书）。先在北京国闻通信社任记者，二九年才调到天津任教育新闻版编辑。不久，原来编辑副刊《小公园》的何心冷兄因病离职休养，胡政之先生请凌霄接任这工作。但凌霄不能来津任职，政之先生就派我兼任他的助手。这个兼职，也很不轻松，要阅读全部来稿，选出较为成熟的寄给凌霄，他每天寄回编好的稿子，又要我拼排版面，并校阅清样。这样，我们一直合作到"九一八"事变发生。在这大约两年中，除书信来往外，我每次去北京，必去他的校场头条寓所叙谈，建立了超过同乡、同族的师友感情。

邵飘萍先生是我国近代杰出的新闻记者（民初有黄远生、刘少少，但他们近于旧式文人，思想比较保守，不及邵的锐进而文风恣肆），曾在北大讲新闻学。我没有机会和他见面，在我入京进清华读书时，他已于那年上半年被狗肉将军张宗昌杀害了！他死后，《京报》由他的夫人汤修慧主持。一九二九年夏，她也到太原采访，曾约我餐叙，希望我为《京报》拍发电讯。她见我有难色，莞尔说："我知道你们《大公报》的记者不能兼职，我不要你的独采新闻，只发一点公开的消息好了。"回京后，我曾去魏染胡同《京报》馆访问，她示意拟约我到《京报》任采访主任，我婉言谢绝。后来，我调到天津工作，她还约我兼任驻津记者，干了不到三个月，政之先生约我谈话，很关切地说："听说你结婚后经济上不很宽裕，你的薪水，下月起决定增加四十元。"显然，他已知道这件事了。

七七事变后，《京报》停刊，她也流亡香港，港九沦陷，迁居桂林。她的女婿郭根兄时在《大公报》工作，因此我们仍有来往，桂林沦陷前，她随我们的职工眷属一起撤退到重庆。抗战胜利后，就没有再听到她的消息。

凌霄谈戏

邵飘萍和徐凌霄，同为二十年代的名记者，而生活方式却截然不同。飘萍豪华，是中国记者以自备汽车采访的第一人（当时，有些总长还只备马车）。听说，他吸的香烟，也请烟公司特制，印有"振青制用"字样。二九年我去《京报》访问时，看到客厅的陈设，还可以想见当年的气派。

凌霄则布袍、布鞋，依然寒儒风度。他的先辈，就已举室迁离宜兴，游宦山东和北京。但我首次去他的京寓拜访时，看到一桌一椅，乃至床上悬挂的粗麻布方帐，还俨然是我们家乡中产家庭的款式，不胜惊异而钦佩。

他不仅是名记者，熟悉北京的掌故，而且对京戏有极深刻的研究。《大公报》一九二六年初复刊时，曾请他主编《戏剧周刊》，也很受读者激赏。他的谈戏，不同于当时的所谓评剧家，以吹捧某一剧、某一艺人为能事，而是着重分析京剧的源流、演变及程式，以及它和其他剧种不同的特点；他有时也像解剖麻雀一样，分析一出戏的剧情演变和主题思想。记得他写过一篇关于《打渔杀家》的分析，写了一两万字，分三期登完。他主要的意见，是认为萧恩在梁山散伙后，有"退坡"思想，只想安分守己以打鱼为生，还幻想把女儿培养成为小家碧玉，甚至在"丁府"无理地要他交纳"渔税银子"时，他也忍气吞声答应照纳。后来，"教师爷"打上门来，他还幻想去官府评理，去"抢一个原告"。最后，被打了"四十大板"，才粉碎了他的妥协思想，认识所谓官府的法律，都是为豪门、恶霸服务的，这才重新下定决心，抛弃家庭，"杀死贼的满门"，再一次走向革命的道路。

这篇剧评，当时给我的印象很深，我后来逐渐喜爱京剧，主要是受《戏剧周刊》的影响；而请老师教我的第一出戏，就是《打渔杀家》。

凌霄和我晤谈中，曾多次谈到他对京剧的见解。可惜大都已忘怀了。现在记起的，有以下两点：

一是他认为京剧是严格的歌舞剧，唱是歌，道白也是歌，而且是更难唱好的歌，所以内行有"千斤道白四两唱"的说法，极言道白之难。而舞台上的一举一动，包括走路（台步）全都是舞，全要和音乐合拍。他不反对现代题材编为京戏，但必须注意这个基本特点，否则，就成为加上锣鼓的"文明戏"了。

二是他以为京剧的表现形式，主要是抽象的，一般不用布景，只用必要的象征性的"切末"。马鞭一扬，就算驰马了，而且在舞台上走了一圈，"人行千里路，马过万重山"，就时或经年，地逾千里，"来此已是"目的地了。所以，任何布景，都会限制甚至破坏剧情。这一点，我也很有同感。记得解放初期，看《野猪林》鲁智深倒拔杨柳的一场，并无实物，袁世海在音乐的衬托下，虚拟着拔树的身段，觉得他的确有"神力"，拔起了参天大树。后来又看过一回，是安放了一株"树"，受舞台限制，树高不过丈余，那就反而感到鲁智深的气力不过尔尔了。同样，最近看到北京、上海重演《空城计》，城墙都画上门和砖块，比过去用的黑布围子是像"真"了，但限于舞台面积，城楼矮小如篱笆墙，城门也像弄堂房子的后门一样。更使观众感到司马懿不领兵冲进去，实在太傻了。而过去虽只清布一围，在戏众的想象中，却是巍峨的高城。

　　他的这些意见，虽不免有些保守，我以为今天仍有参考的价值。

梅兰芳谈他的杰作

谈京戏，自然会联想到梅兰芳。

我和梅先生曾有过多次的接触，特别是解放初期约请他为《文汇报》写《舞台生活四十年》的那一次，谈得最畅。

我们特别请他在国际饭店吃饭，同席有梅一向尊敬的冯耿光先生，还有许姬传、许源来和黄裳等。

谈完了正题以后，我问梅先生："我注意到你多年来在各地演出，第一天'打泡'，总是《苏三起解》为多，而在演出期间，《霸王别姬》和《洛神》等又往往重复露演，这几出戏，是不是你最拿手的？如果不是，那末，究竟哪一出你自己认为是精心杰作呢？"

他答着说："'打泡'演《女起解》，是迷信，苏三着红衣上场，旧社会的戏院老板图吉利，就相沿成习惯了。《霸王别姬》在我和杨小楼杨大叔合唱时，我的确是花了些功夫的，以后所以多'露'，主要是因为观众特别欢迎，一再加演，欲罢不能。我对所演的戏，总不敢马虎，即使演过几百场，滚瓜烂熟的戏，上场前也总要温习温习，做好准备。

"我不敢说有什么拿手戏，只说花过功夫最深、自己也认为最得意的罢。那是《宇宙锋》。这是一出老戏，最初是由吴菱仙老师教授，以后又请教过陈德霖老夫子和王大哥（瑶卿）。但我觉得这出戏十分难唱，明明是一个聪明、规矩的小姐，忽然要装疯，而且要装得像，连自己的爸爸也信得过。又要装得在皇帝的虎威下也不露一丝破绽。更难的是：既要使观众看清她是装疯，又要让观众信服地认为赵高和二世相信她是真疯。另外，在《思春》这一段，如何恰到好处，既不失赵女庄重的性格，又要以此让赵高坚信女儿真疯了，这些都是十分困难的，包括表情、行腔和身段。因为有这些矛盾和困难，几十年来，我不断研究、琢磨，每唱一次，总会有些新意和新的体会，不断加以改进和丰富。其他剧种如汉剧的陈伯华唱这戏时，我也去观赏，吸取他们的优点。

"我不敢说现在已把这出戏唱好了，更不能说它已没什么缺点了。但有一点，这十几年来，我每次演这出戏时，自己也不知不觉为自己的表演、行腔而沉醉，这是在演别的戏时所没有的。大家知道，我这个人不难合作，每到一个地方唱一期戏，排什么戏码我都没有意见，我只有一个条件，就是：每一期，必定要排一次《宇宙锋》。我也知道，这戏，并不是特别受观众欢迎的，有时上座并不好，但这一条，我始终坚持。其他的戏是为观众演出的，唯有这出，是为我自己欣赏的。"

听了他这席话，我很有所感。首先，可见梅先生对艺术的忠实态度，艺术表现能使自己也不由得沉醉起来，可见他已达到什么境界了。其次，一个自己花了毕生精力而自己确信是最好的创作实践，却未必就是最为观众所欣赏的。这或许因为欣赏艺术也要有一定的鉴别力罢。古人不是也有"文章千古事，得失寸心知"的说法么。

总之，梅先生对艺术的精益求精，达到自己为之沉醉，和那些浅尝即止者的自我陶醉，完全是两码事，决不可混为一谈。

王瑶卿谈梅兰芳

名演员刘秀容已重登舞台，十几年前她所主演的电影《穆桂英大破洪州》，也在各地放映，大受欢迎。她的表演细腻，艺术的确有根底。特别因为她曾抵制江青的专横压制，甚至割去青丝，以示决绝，表现了艺人的品德，因而受到尊重。

她是王瑶卿先生在解放后精心培养的两位学生之一，也可说是他老人家的一个"收山门"徒弟，不愧是名师出高徒。

王瑶卿曾被京剧界内行称为"通天教主"，和萧长华一样，是作育人材最多的老艺人。他在中年败嗓以后，就一意研究艺术，教育后辈。他善于因材施教，为梅兰芳、程砚秋等设计了许多悦耳动听又切合剧情的唱腔，并在表演、服装等等方面，大胆革命，冲破了不少陈腐而不尽合理的程式，使观众耳目一新。京剧所以受到广大观众欢迎，至少在青衣、花衫这一行中，他的功绩是不可磨灭的。

一九五一年左右，我曾随莫敬一先生去访问过王先生。莫是教过我京剧的老师，是王先生的老朋友。

大约在大栅栏附近，什么胡同记不清了。一座古老的房子，南房三间相当高敞，是他休息、会客的所在。隔着栽有石榴花的庭院有一排北房，说是他老二（凤卿）家住的，东西也是几间房子，是老北京标准式的四合院。

王先生的房子里，最使我注目的，是一长排特制的大木柜，高接顶棚。据他说，里面藏的，都是戏装、道具，以及历年搜集到的古今角本，还有不少有关京戏的其他文物。

那时，他大概已年逾八旬了罢，而精神极好，谈笑风生。

话是从当时正在挂头牌上演的一位青衣演员谈起的。我说，这位演员的艺术，似乎并没有什么特色，观众好像也不怎么欢迎。

王先生不胜感慨地说："他也是我的徒弟，本来是很好的'材料'，就是不虚心，学到一点，就自以为了不起了。比如，有一天，他要上演《樊江关》，我有意想把几个关键的唱腔教给他，就问：'孩子，这薛金莲的腔你都有么？'他却不经心地回答：'师父放心，我全有了。'说罢，掉头就走开了。这样的自满，怎么能学好戏！"

他接着把话锋一转，谈到了梅兰芳："兰芳和砚秋都跟我学过戏，他们都很认真、虚心，勤学苦练。兰芳刚唱'红'的时期，还经常请我把场——每次他上场时，请我在门帘后观看；每一次演出后，一定诚恳地问我：'大哥，哪些不合式的，您千万指教。'到他已'名震中外'的时候，还是非常谦虚。观众来信，对他演的戏，不论是剧情、表现、唱腔各方面，他总细心阅读，虚心接受。就是在我们叙晤的时候，有时有人在谈对某一出戏的意见，他总在一旁倾听，而且认真记在他的小本里，还往往感激地说：'您的意见很好，对我的帮助太大了，还有什么别的意见没有？'大家看出他是诚意的，也就不管对或不对的意见，都向他提。凡是好的意见，他都好好研究，在下次演出时加以改正。所以，他的戏越演越好。"

这位老艺人最后说："我比兰芳大十几岁，从小看到他的资质并不是特别好的。但他所以有这样的成就，决不是偶然的。我的看法，主要就得力于他的认真、谦虚，永不自满，不断精益求精。"

记孝隐女士

　　不久前，读到香港《文汇》《大公》两报特派记者访问金边的通信，十分高兴，我国新闻界也人才辈出了。

　　根据我的记忆，在三十年代以前，我国报馆从来没有认真派驻国外的记者；所谓国外通信，只是特约留学生或使领人员做些副业而已。"九一八"后不久，"中央社"才设驻东京记者。至于报馆派驻外记者，则以香港《大公报》为嚆矢。

　　第一个派出的是萧乾兄，时间在一九四〇年春，但去了很久，并无来稿，那时正是希特勒狂炸英伦，进行所谓"不列颠之战"的时候，他跑到人地生疏而又硝烟弥漫的英国，一下子就展开采访活动，是有困难的。

　　那时，我任《大公报》港版的编辑主任，正在苦于栽花待发之际，忽然，"无心插柳"，送来了奇葩。有一天，收到一封从巴黎围城中寄来的厚厚的航空信，拆开一看，有四五张密密的蝇头小楷，署名"孝隐"，字迹十分工整而秀丽，内容则是描述马其顿防线被突破后，法国统治者如何惊惶失措，举棋不定，以及巴黎围城中各阶层的生活和精神面貌。写得十分生动，文笔极好。我喜出望外，翌日就作为专栏刊出。来信仅写"凌寄"，孝隐是她的真名还是笔名，就不得而知了。

我立即回她一信，请她任驻法特约记者，她欣然同意。以后，大约至多隔半月，必来一稿，开始还寄自巴黎，以后则随着法国政府的搬迁，换了几个地方，最后是从维希发出。她寄来的通信，每篇都相当长，有时要分三天才能登完，而字迹总是那么工整，行文流畅，刻画入微，又善于恰当地运用成语、典故，以描写维希政府那些人物的狼狈相。记得她曾引用了我国民间的俚语，讽刺贝当和魏刚："七十三，八十四，活受罪，老不死。"真可说是信手拈来，恰成妙喻。大家知道，在第一次世界大战时，贝当和霞飞、福煦一样，都是有名的统帅，他们都是战后受法国人民崇敬的人物，连上海的法租界，也把三条主要马路改用了他们的名字。魏刚也是当时的民族英雄，率部坚守过凡尔登要塞。而此时两人却卑躬屈膝，向希特勒低头，做了纳粹的傀儡。而贝当当时正好八十四岁，魏刚也恰是七十三岁。

孝隐的通信，吸引了广大的读者，我也十分心折。老实说，从年轻时倾倒于飘萍、彬彬等通信以后，孝隐之作，给我留下的印象最深。太平洋大战发生，自然关系就中断了，以后再也没有得知她的下落。

解放以后，间接得知她还有亲属在国内工作，而且知道她的丈夫就是萧瑜。

萧瑜是何许人呢？斯诺的《西行漫记》曾提到，毛泽东曾对斯诺说，在中学时代，曾与一个同学叫萧瑜的步行视察了长沙附近的许多县市和农村，"而这个人，现在（指一九三六年前后）已跑到国民党那里去了"。

　　据我所知，"这个人"最初是跑到了北京，在李石曾控制的中法大学任职。一九二八年，国民党攻占北京后，李石曾想控制北方教育界，模仿当时法国的大学区制，攫占了所谓北平大学校校长，成立了大学区，不仅囊括京津各大学，连普通教育和社会教育如图书馆、博物馆之类，也被一网打尽。记得萧瑜就被任为"校长办公室"的重要人员之一。

　　因为北京学生的坚决反对，李石曾的迷梦终于破灭，连"校长办公室"也被示威的学生砸烂。我那时已开始当新闻记者，一面还在北京师大挂着学籍，曾参加了这次游行示威。

　　以后不久，易培基被任为故宫博物院院长，萧瑜是该院的秘书长。他们干了没有几个月，报上就哄传发生"故宫盗宝案"，"宁国府"的监察委员也吵吵闹闹要撤查。究竟如何，以后也未见什么下文。不过，易培基这个名字，从此就在"要人行踪"中失踪了，自然，更不用说萧瑜。

　　依我的主观推算，大概萧先生在大连观望一番以后，就出国成了巴黎的寓公。

　　至于孝隐女士的经历、学历，我则一无所知。如果她还健在，该已是年逾八十的老人了。

我的第一次投稿

一九二六年下半年，天津新出版了两张报纸，九月一日，停刊了几年的《大公报》由张季鸾、胡政之等接办，重新复刊，面目一新。大约过了一两个月，京津各报又刊出了《庸报》定期创刊的预告，大吹大擂，而且还附有创刊纪念的征文启事。征文的条件相当刁钻，都是小说，题材自定：甲种是全文不得超过五百字，经历的时间愈长愈好；乙种是全文不得少于五千字，经历的时间愈短愈好。

我那年暑假后刚进清华大学，见报后决定应征。题目是《笑的历史》，以我的一个疏房侄女悲剧的一生作为模型，写一个女孩子如何在笑声里诞生，欢笑中度过童年，后来出嫁给一个地主的儿子，如何在翁媳的虐待下劳累苦笑而死。全文大概只有四百五十多字。想不到居然被评定为第一名。该报还特别派人到清华园，送给我十个"袁大头"作为奖金，并索取了收条。

这是我生平破天荒第一次的"劳动"收入，也是第一次在报刊上发表文章，真是"其喜可知也"。

《庸报》是那年年底正式创刊的，每天三四大张，内容相当精彩，从此和《大公报》《益世报》分庭抗礼，成为天津三大报之一。

大约在"九一八"事变以后，该报社长董显光和经理蒋光堂把报卖给了日方，从此《庸报》便成了敌驻华陆军的机关报，充满"膺惩""共同防共""新秩序"等论调了。

董显光是宋美龄的留美同学，到南京后，很快就成为国际宣传方面的首要；抗日战争期间，周佛海随汪精卫出"亡"到南京当了汉奸，继任国民党中宣部长的记不清是谁了，总之，这把交椅不久就被董显光坐上了。

蒋光堂则在三七年到上海复活了《神州日报》。这张报，本来是辛亥革命前与所设"竖三民"即《民呼》《民吁》《民立》三报同为于右任、宋教仁等主持的有革命历史的报刊，蒋光堂"借尸还魂"后，却全无生气。"八一三"以后，出售给上海的一个红帮头目徐某，变成了汉奸报了。

我在二七年秋季即转学进了北京师大，主要是由于穷，父亲在京汉路当小职员，连年欠薪，负担不了我的学费。有一天，见东安市场的书摊上，放着一大堆旧英文小说，我抽买了一本，只花了两毛钱。里面有一个中篇，是美国作家葛来写的。我当时还不知葛来是怎样的作家，只觉得小说情节很动人，就翻译出来，寄给了《国闻周报》，不久，便被采用，分两期刊载，得了稿费二十元，大大缓和了我和公寓"掌柜"之间的经济矛盾。

所以，在《大公报》、国闻通信社和《国闻周报》这三个姊妹机构中，其实我和后者发生关系最早。

在正式跨进新闻界以前，还有一个插曲：有一天，看到上海报上登出一个广告：日日通信社招聘北京特约通信员，条件是试寄三篇，中选后先试用三月，月给津贴三十元，以后正式任用，从优议薪。当时（二八年），直鲁军阀孙殿英悍然发掘乾隆和西太后等的陵墓，轰动全国。我曾综合此事始末（自然，我那时无法直接采访，只是撷拾了京津各报的记载），写了一篇《东陵被盗记》去应征，隔了三天，《申报》《新闻报》都登出来了。以后"试"写的两篇，也先后见报。该社的"聘书"也寄到了，我喜不自胜，以为半工半读的问题，基本解决了。从此，更加勤奋于写作，为了赶上上午开车的南下快车，必须在清晨前赶到东车站投寄，我总在六时前从香炉营的公寓出发，冒着刻骨的寒风，急急走完一条长五六里的西河沿长街，到东站邮局投寄，然后步行回校上课。可是，日复一日，月复一月，只见稿子登出，不见"津贴"飞来。直到三个月后，才接到该社上海分社（总社设在杭州）一封来信，附来了二十元，说总社经济困难，"台端"以后由沪社直接聘用，暂定月酬二十元。但是，从此也就再无下文了。在我当时，纸张邮票也是颇重的负担，就不再白尽义务了。

若干年后，才知道这个通信社是杭州人殷再为主办的，买空卖空，借此骗稿费，敲竹杠，以此为生。抗日战争期间，他在南京办了一张什么报，成为"落水"报人之一。

王国维与梁启超

一九二五年，清华学校设立大学部，不再收中学至大学预科程度的留美预备班学生。

同时，创立了研究院，教授只有五位，却都是鼎鼎大名，可称一时之选。这五位中，声名最响的当然该推梁启超和王国维，其次是陈寅恪、赵元任和李济。

我们这些刚进大学的学子，当然没有亲承这几位大师教诲的资格；但在一些纪念会或师生交谊会一类的场合，也可以瞻仰他们的风采。比如，赵元任先生是东方语言学专家，又精通我国各少数民族文化和各地方言。有一次，他在同乐会表演"全国旅行"，从北京循京汉路南下，折入山西陕西，东出潼关，再由河南至两湖、川、云、贵，复由两广绕赣、闽入江、浙、皖，由山东渤海至东三省，再入关回京，沿途每"抵"一地，即说当地的土话，约略介绍当地的名胜古迹和特产。他一口气说了近一小时，不仅时时引起哄堂大笑，而且使人确实增加不少见闻。据一位研究院的同学告诉我，赵先生研究各地方言，是很科学的；他用拉丁拼音法，研究各地的语言变化，摸清其规律，所以能闻一知十，非常准确。

梁任公先生那时在政治上已步步走下坡路，精神上也渐入颓唐。大家知道，他的生命史中最光辉灿烂的两页，一是戊戌的百日维新，一是护国之役，他当时写的《异哉！所谓国体问题者》，若干年后，我读了还觉得铿锵有力。以后，虽然在段祺瑞当国时代，曾一度做财政总长，俨然走入政局的核心，而实际上，段祺瑞只是一时利用进步党的所谓"人才内阁"作为他的垫脚石，而任公成了他的"猫脚爪"，火中取栗后，就被抛弃了。"五四"以后，他的政治生命实际已结束，只剩下《时事新报》《晨报》作为研究系的机关刊物，发表一些改良主义的政论文章而已。在那一时期，他在白话文学和历史研究上，发表了不少著作，在文化界大露声光。迨一九二二年孙中山改组国民党，开始第一次国共合作，国内的激进空气日益高涨，"梁启超"这三个字，在青年心目中，已日益成为保守的代名词了。他之退居清华讲学，实际上是想"与世两忘"。

清华当时有一个我认为颇好的制度，每星期六晚上，举行各种学术演讲会，由学生自由参加听讲。我曾听过任公先生的两次演讲：一次是讲历史研究法，内容比我在中学时代看过的他的同一题目的著作，更为精辟而简练；一次讲的是中国书法的美和如何练字，也极精辟，对后学者有极大的指导意义。但听的人却不多，除了一些研究生外，大学和留美预备班的学生屈指可数。而在另一些讲坛里，有些年轻教授如钱端升先生等在讲国内外政治形势，有时还联系到正在进行的北伐，却座无虚席，而且不时爆发出阵阵掌声。"大江东去，浪淘尽，千古风流人物"，显然，像任公这样的人物，那时已被时代打入江底了。

翌年（一九二七年），他的老师康有为七十寿诞，他曾从十三经中集句成一寿联祝贺，上下联的前十个字已忘掉了，下面是"入此岁来，已七十矣""亲受业者，盖三千焉"，十分贴切。但不久南海即在青岛病逝。任公二十四岁即主持上海《时务报》笔政，由此推算，那时（一九二六年）他大概还不到六十岁罢。

王静安先生是另一种典型。他在前清既无功名，更没有做过什么官，只是在张勋复辟失败后不久（大概比胡适进宫叩称皇上还早一点罢），由罗振玉引见，溥仪赏给了一个五品顶戴，"着在南书房行走"。从此，这个书呆子就感恩图报，一直以遗老自居。我在清华园看到他时，他还拖着一条小辫子在瓜皮帽下面。

他的学问广而深，从甲骨、考古到边疆地理，从蒙古史到词曲，都有超迈前人的造诣。鲁迅先生在当代的学者中，除章太炎是他的业师外，独对王静安表示赞佩。我在"星六"的学术演讲会中，曾听过他讲的"新莽量衡"，不仅详细考证出王莽篡位后改革的度量衡制度，而且带来了他根据考证复制出来的量衡模具。这样沉闷的题目，我这样历史知识贫乏的青年，听了也觉津津有味，久久不忘。

有一天清晨，我在荷池旁的树林中，坐在一个树墩上温习功课，忽然看到王先生低着头缓缓走了过去，穿着一件藏青夹袍，紫缎背心，我还注视一下他的背影，瓜皮帽下的小辫，只垂到背心的中部。

第二天，清华就哄传，王国维先生已投昆明湖自尽了！

他走这条绝路，据说主要是因为当时北伐军已占领长江中下游，势将向北进攻，他深恐京津危急，"冲主"遭殃，因而抱"主辱臣死"之义，先行"殉难"。他不知那时蒋介石早已矛头指向人民了。

另外，罗振玉对他精神上和经济上的折磨，也是个重要原因。王先生出身贫苦，听说早年曾受罗的资助，以后还结成儿女亲家。罗是个市侩小人，生平以弄虚作假（做假古董骗钱）为其拿手杰作，不少关于考古的著作，其实是静安先生的心血之作。总之，他像魔鬼一样长期缠住了王。王先生当时的月薪有五百元，而自尽那一天清晨，还向他夫人要了一元钱，大概是作为车费和颐和园的门票费用的。罗对他的敲诈勒索之重，可以想见。

旧清华的生活片段

清华学校是国耻的产物，它是用美国"退还"庚子赔款的一部分作为基金而创办的。所以，它不归教育部而归外交部领导，董事会的董事有一半是美国人。

作为留美的预备学校，不仅课程要衔接美国的大学，生活上也要竭力"学习"美国的生活方式。这就往往使像我这样从穷师范出身的新学生瞠目结舌。

校舍的确建筑得"美轮美奂"，大礼堂和图书馆的地板全是用软木铺的，书库的书架全是透明的，每一大楼里的厕所都是用各色大理石造的，而手纸也都是美国的"舶来品"。这一切，都使我闻所未闻，见所未见，像走进了大观园一样。

我在中学时，衣服都是自己洗的，吃饭是分食制，每人一碗清汤，一盘青菜，上面往往有两片同学们说是风可以吹掉的薄肉。而进了清华，每人就发了两个编了号的衣袋，脏的衣服乃至被单等等，只要塞进了口袋，清早扔在房门外面，晚上，便整整齐齐干干净净叠放在铺位上了。早餐是四盆菜两道点心外加白粥，有些老同学故意过了规定时间去，只要多花一毛钱，厨房总另外预备一大碗水饺给他吃。午饭、晚饭则是四大盆，四大碗鸡鱼鸭肉，米饭馒头。纪念日则往往用西餐，还举行舞会。

当时，北京城里是所谓"灾官遍朝"，四郊则是"哀鸿遍野"，就在清华附近的成府、海甸等处，所有的劳动居民，能够吃到咸菜、窝窝头，就算很幸运的了。

初进学校时，有两件事使我颇感突然，一是第一次到体育馆上课时，当时还是壮年的马约翰先生命令全班新生（每班只有八十人），一律脱得精光，由他一个个检查身体。马先生生于厦门鼓浪屿，毕业于圣约翰大学，曾在美国学习体育，他后来长期任清华的体育主任，历次华北或全国运动会，总担任总裁判，是我国体育界的元老。解放以后，曾当选全国人民代表。年近八十时，白发如霜，而依然脸色红润，精神焕发。"文革"时已故，竟还被诬为叛徒。想想他的名字，就不禁使人哑然。"四人帮"对历史的无知，可见一斑。第二件事是一天深夜，忽然被人连被窝卷起，左右晃动几次，然后抛向空中，跌在地板上，我从梦中惊醒，看到同室的两位同学已尝此况味，相对苦笑。据说，这叫"拖尸"，是美国大学中老同学对新同学表示"欢迎"的方式之一云。

当然，学校中有研究院，有新制大学班，有旧制留美预备班，还有一个特别班。这个特别班真是特别，学生只有两名，而有几位教授专门为他们上课。据一位老同学说，这两个同学，一个是冯国璋的小儿子，一个是他的大孙子，年龄相差不大。大概冯花了一大笔钱（冯的捞钱本领是出名的，当时北京传说，他卸任总统时，把中南海的鱼都捞光了），要求清华特别为他培养这两个后辈，以便送往美国留学。有一天，我经过一间小课堂，一位教授正在给他们叔侄二人上课，老师讲得很起劲，我却看到那个大一些的学生用手"一板三眼"地在点拍子。后来，听说只要程砚秋哪一天有戏，这两位叔侄一定坐小汽车回城过夜。以后在同乐会上，这位冯公子曾清唱过几段，的确颇有些程"味"。

燕京大学是一九二六年才从城内搬到海淀附近的新校舍的，和清华相距不远。当时燕京已男女同校，清华则还不招女生。清华的同学，特别是留美预备班的同学，到燕京去物色女朋友是比较容易的。有一个星期天，我去燕京观光，看到女生宿舍前，贴有红绿的纸条（自然是男士们写的），上写："我们不欢迎清华学生""反对清华学生到处乱串"，等等。

罗家伦与吴南轩

我在清华不到一年就离开了，以后对她还很眷恋，关心她的一动一静。

若干年内，她发生了几件引人注意甚至"可发一噱"的事：

一九二八年，国民党的势力到了北京，蒋、冯、阎、李（宗仁）四"巨头"碧云寺祭灵，象征着国民党"团结"的顶峰，也成为新军阀分裂、混战的起点。因为蒋介石出于自私的阴谋，把北方地盘交给了阎锡山，而企图以"编遣"为名，削弱冯玉祥的军力，这就散播下连年火并的种子。当时，北京成立了"北平政治分会"，作为"中央"权力的象征，由西山会议派的"元老"张继任政治分会主任。

有一天，张到清华去视察，并在大礼堂演讲，他不分青红皂白，大放厥词，大意说，清华有这么考究的房子，这样好的设备，一年花了这么多钱，却没有造就出一个有用的人才，"试看，我们的中央委员中、各部部长中，有哪一个是从清华毕业出来的？"当时，台下的学生听了个个怒火万丈。张讲完后，学生会主席张人杰（因为他的姓名和张静江相同，所以我迄今记得）接着说："听了张主任的训话，我们有一个疑问，不知所指的人才，是按什么标准的？如果按学识、专长和成就来说，清华的毕业生中，却不能说没有。"他接着列举了科学、技术、工程、建筑各方面杰出知名人士的一大串名单，然后说："就连国民党总理孙中山先生陵墓的建筑图案，不也是清华毕业生设计的么！如果人才是指党棍和官僚，清华的确一个也没有。"这一番话，立即爆起雷鸣般掌声，真是"经久不息"。把张继"鼓"得两脸通红。他确也不愧党国大人才，能屈能伸，立即当众承认自己"失言"，总算找到了下台的台阶。

不久，南京派了与CC有关的"人才"吴南轩当清华校长，显然想抢这块地盘和肥肉，学生会表示拒绝，教授会不予合作。他不顾一切，到校"视事"，好不容易大约维持了半年，只能夹着尾巴滚了。记得他走后，清华学生会还在北京报上登载一个广告，大意是这样写的："吴南轩先生鉴：台端不告离校，许多手续尚未办清，如台端亲手向本校图书馆借阅的初刊珍本附图的《金瓶梅》全套，迄今尚未归还，望即来校清理。"这个不大不小的玩笑，开得可谓"谑而虐"矣。

国民党的党棍们还不甘心，接着派了罗家伦接任清华校长，想以罗的"五四健将"的声威，压住清华的阵脚。但学生并不买这笔账，继续坚决反对；罗大约做了一年的校长，也不得不铩羽而去，被调任为南京中大校长。从此，直到解放，清华一直由梅月涵先生任校长，在此以前，他曾长期任教务长，是一个纯然的学者。

提起罗家伦，也有些可附带谈谈。他在五四运动时，其实并不是火烧赵家楼、痛打章宗祥的英雄；他之所以出名，是因为在"五四"前后，和傅斯年等一起，办了个《新潮》杂志，成为新文化运动的一支偏师。不久，他们都步了胡适的后尘，出洋留学。后来，罗成了党棍，而他的卑鄙无耻，连南京官场中也为之齿冷。当时盛传一首打油诗，对罗刻意形容："一身猪狗熊（言其长相），二眼官势钱，三字吹拍捧（言其为人），四维礼义廉（无耻）。"这首诗，曾传诵一时，听说是出于王陆一的手笔。王曾多年任于右任的秘书长，于的"法书"，颇多由他代庖。

北京的图书馆

一九二七年我从清华离开到师大，真是两种环境两重天：校舍狭小，教学楼只有三层的一幢，宿舍是平房，十分拥挤，容不了二分之一以上的学生。我只得和一位同乡同学，在附近的公寓租住了一间房子。至于图书馆，比之清华，真小得像玩具一样。转学之初，我的感觉是：从"天上"又回到了人间，校内的一切，和周围环境的现实是融为一体了。

不仅是两种面貌，管理制度也完全不同。清华的课堂纪律一般很严肃，每月有月考，每堂功课下课前，教师必开列一批参考书的章节，在下次上课前必须读毕。学生的作息也有严格制度，如下午四时以后，所有宿舍、课堂、图书馆全部上锁，迫使学生一定要到操场、体育馆去锻炼，即使对体育最无兴趣的，也只得到室外去散步一小时。

师大也和北大一样，完全信赖学生的自觉"自治"，制度十分松弛。我可以举一个最突出例子：钱玄同先生每次上课时，从不看一眼究竟学生有无缺席，用笔在点名簿上一竖到底，算是该到的学生全到了。也从不考试，每学期批定成绩时，他是按点名册的先后，六十分，六十一分……如果选这一课程的学生是四十人，最后一个就得一百分，四十人以上呢？重新从六十分开始。

是不是他对教育不负责任呢？恰恰相反，每次上课，他总先在课堂外等候了，钟声一响，立即走上讲坛，用铅笔在点名簿上一"竖"，就立即开讲。讲起来真是口若悬河，滔滔不绝。鲁迅在《呐喊》序言中，谈到常常到会馆里鼓励他写稿的金心异，形象和声音笑貌，和钱先生真是绝似。我是选听他的小学说文。他上课从不带一本书一张纸，只带一支粉笔，而讲每一个字的起源，从甲骨、钟鼎、大小篆、隶，源源本本，手写口谈，把演变的经过，旁及各家学说，讲得清清楚楚，使这样一门本来很沉闷的功课，非常生动。我对中国的言语文字，有一点起码的知识，都是受钱先生之赐。我在师大进的是文学系，教外语、外国文学的有沈步洲、温源宁等先生，教中国文、史的有吴承仕、朱希祖、马裕藻、刘文典、高步瀛诸先生，都是当时的权威学者。还有，像教词曲学的刘毓盘先生，那时年已近古稀，但教授也非常认真，他对这一门造诣之深，大家认为是超迈前人的。所有这些先生，对学生的点名、考试等等，都是不同程度采取"马虎"态度的。

就当时的具体情况来说，我以为，这两种截然不同的校风、制度，各有优劣。清华制度严，功课紧，每一个学生总能达到预期的教育要求，而主动地去博览群书，力求深造的时间毕竟有限了。而像北大、师大这样的管理松弛，会有些"南郭先生"按时毕业；而不少勤奋的同学，在一些教授的指导下，会在四年内在某一学科钻研出一定的成果，像朱自清、俞平伯诸先生，北大毕业时就成为有名的学者，留学回国后，分别被清华、燕京聘为教授。萧一山的《清代通史》，也在大学刚毕业就出版了。

这些学生所以能在短短的四年内研究出成果，另一个关键在于北京的图书馆藏书较多，而且有一套便利学生的制度。北京图书馆和北大图书馆，当时在全国是藏书最多的，还收藏不少珍本、善本乃至孤本。还有一个"松坡图书馆"，设在北海公园内的快雪堂，是梁任公为了纪念他的学生蔡松坡（锷）而独力创办的，他捐赠了自己的全部藏书，还向友人征集了一部分，约有十数万册，大多是较难得的珍本。

北京图书馆和松坡图书馆都有一个代办伙食的办法。清晨开馆时，去看书的只要先在门房里登记，付两毛钱，中午就可以去食堂吃饭。这样，看书的人可以整天安心读书，埋头钻研；同时，除善本书外，一般是开架的，只要出示教员或学生证，可以进书库自行翻阅选借。对于经常去的读者，借书可不限本数，善本也可借至阅览室阅览。有这样好的条件，有些大学生就在某一教授的启发和指导下，一头钻进图书馆，穷年累月，深入钻研，其中有不少人就研究出成绩，甚至逐渐成为某一学科的专家了。

除了这些大图书馆以外，当时北京几个主要市区，如东四、东单、西四、西单等处，还设有通俗阅览处。听说是民国初年，鲁迅在教育部负责社会教育时规划创办的。它们不仅陈列报刊，供人阅览，还都收藏一定数量的图书，特别是各种版本的小说、戏剧、唱本以及其他通俗图书，有些搜集的比大图书馆还要丰富。鲁迅在《中国小说史略》的序言中，就说他编写这部书，很多参考资料就是从这些通俗阅览处看到和抄录的。

在这些小图书室看书，就更方便了，手续更简便。肚子饿了，走出门，就可以看到挂着黄纸圈条的小吃铺，只消花上一毛钱，就可以吃一大碗炸酱面，或几个"火烧"夹酱肉，饱饱地再回去看书。

记《群强报》

当时（一九二七年前后）北京各报销数最多的，既不是日本人办的《顺天时报》，也不是研究系的喉舌《晨报》，而是一张四开小报《群强报》。

解放以前，全国报纸日销最高纪录是上海《新闻报》的十八万份（听说这里面还有些虚数，是在会计师检查那天，多印几万，登报"证明"，以招徕广告的），其次，《申报》超过十万，抗战胜利后在上海复刊的《大公报》也一度超过十万。在上海、天津以外，报纸的发行能超过一万，就了不起了。现在，上海《文汇报》的日销已接近百万，《人民日报》更数倍于这个数字。这不能不使旧报人闻而惊叹：短短三十年，进步多么快啊！

当时的《群强报》，听说日销也达五万份以上。

大概因为北大、师大等进步学生长期办工人识字班、工人初习学校的结果，北京劳动人民识字的，那时已远比别的城市（如上海、武汉）为普遍。我常常见到有些拉洋车的，在树荫下坐着一面看报，一面等生意。他们看的，可以说，百分之百全是《群强报》。它的式样很特别，是竖着的四开纸，每份售一个"大子儿"（即二十小钱，相当于半分）。

它的特点，首先是文字通俗易懂。军政大事，没有几条，还大抵是抄袭隔天晚报而加以通俗化了的。比较详细的是社会新闻和经济新闻。赛金花晚年在贫民窟的生活情况，该报曾详细报道了好几天。还有，哪里庙会的盛况，哪里一胎生了三个小孩或雷打死了人等等，也记载很详。所谓经济新闻，并不如上海报所载的公债、纱花、外汇行情等等，而主要是粮食的涨落，蔬菜的上市情况等等。

最受读者欢迎的，是它的戏目广告最齐全，不仅有当天的，而且有两三天以后的预告。

北京当时的戏院，除开明戏院较经常地由梅兰芳剧团演出外，其余如吉祥、华乐、中和等，经常由各戏班调换演出，今天是程砚秋，明天是马连良，后天可能又换上荀慧生。一般都只在当天用红纸黑字贴出简单的戏目。有些，如富连成科班演出的广和楼、斌庆社演出的广德楼，则大门口经常贴出"本晚吉祥新戏"这几个字，使人莫名其妙。

《群强报》的戏目广告，大约占全部篇幅的一半以上，戏院包括所有的大戏院，也包括天桥的几个小戏院。不仅几天的戏目齐全，而且每一出戏下面，都刊出了主要的角色。

北京人看戏（正确说，是听戏），也像香港人看足球赛一样，不分妇孺老幼，可以说是入了迷的。看了《群强报》，准备看戏的固然可以按图索骥，就是没工夫看戏，或者买不起戏票的，看了这些戏单，"呵，梅老板的《苏三起解》，还有萧长华配崇公道，多带劲！""哈，杨小楼的《落马湖》，还带酒楼，多过瘾呀！"这样望梅止渴，似乎确也过瘾了。

以后，管翼贤办了《实报》，很花了些气力，社会新闻、副刊编得很有特色，也售一个"大子儿"，但终究竞争不过《群强报》。

后来，成舍我在上海创办《立报》，那是更高级的小型报了，而读者也不是《群强报》的那个社会阶层。听说销数也达十万以上。

至于上海以《晶报》为鼻祖的小报，那是十里洋场的特殊产物，和《群强报》完全属于不同的类型。

故宫和颐和园

第二次直奉战争（一九二四年），冯玉祥回师北京（他称之为"北京起义"），成立了国民军，推翻了曹（锟）、吴（佩孚）政府。他做了两件大快人心的事：一是他在延庆楼囚禁了贿选总统曹锟，杀死了曹的佞人李彦青。结果是控制北方政局多年的北洋势力更加分崩离析，开始走向它的末路。二是把溥仪和什么太妃、贵妃、龙子龙女全部赶出皇宫，清扫了小朝廷，根除了复辟的巢穴。

不久就成立了"清室善后委员会"和"故宫清理委员会"。我一九二六年到北京读书时，已经看到神武门前挂出了"故宫博物院筹备处"的招牌；既然是"筹备"，当然还未正式开放。却有一部分特别珍贵的古物，先在文华殿和武英殿公开展览，名之曰"故物陈列馆"（后来，移至端门，若干年后，才并入故宫博物院）。门票是大洋一元，显然，这是北京政府开辟的财源之一，一般平民，当然是无法问津的。

当时的清华校长曹云祥，也是一个老外交官；他大概兼任了陈列馆的委员，搞来了几百张优待券，分发全校师生。因此，我才得以免费参观了一次。究竟陈列些什么，因事隔多年，记忆不甚了了，总之，是没有古籍、书画，也没有一般的典章文物。大概，在武英殿陈列的是各种精致的钟，我的印象，要比解放后在故宫博物院看到的多得多。在文华殿陈列的，则全是珠宝玉器，真是洋洋乎大观，除了一大部分是用珍珠、钻石、翡翠、各色玉石镶成的种种玩具、用具等以外，各种玉器，都按大小、颜色分别陈列在许许多多的玻璃橱内，看到这些琳琅满目的稀世珍品，再看廊房头条、二条那些珠宝店的商品，真是不值一顾了。解放以后，曾几次游览故宫，到处寻找，再也看不见这些东西，一定是早被国民党政府带到台湾去了。

第一次游颐和园是在一九二七年。那是沾了张大帅的光。一九二六年下半年，奉军把国民军赶出京津，废除了段祺瑞的执政府，张作霖自称安国军总司令，进驻北京，不久，就组织"中华民国大元帅府"，窃据了中央政权。他的"德政"之一，是把北京的"国立八大学"合并，统称京师大学校（北京大学原名京师大学堂），而任命教育总长刘哲兼任校长。原来的各大学一律改称"院"，比如，北京大学改称文理学院，法科大学改称法学院，等等。我们的师范大学则改称第一师范学院，女师大则称第二师范学院。自然，这样的复古和改组，势必激起广大师生的反对；在军警的高压下，反对无效，于是继之以沉默的抗议。记得，有一天，刘哲突然到师大，召集全体师生训话，教师没有一个致词，学生也没有一个人发言，刘哲"独角戏"唱了约半小时，台下只有咳嗽声，他只得在军警保护下默默离去。

大概为了缓和空气，忽然，有一天宣布，所有京师大学学生，免费游览尚未正式开放的颐和园。那天清晨，不知从哪里搞到了大批卡车，把学生运到颐和园。那时，颐和园关闭已久（只半公开售票，门票高达六毛），长廊、佛香阁等处都油漆剥落，一片残败景象。

学生们在园里玩了一天，兴尽出门，车子却一辆也不见了，三三两两，步行回城。

第二年，奉军退出北京，张作霖车经皇姑屯被炸死，所谓大元帅府垮台后，中南海曾一度辟为公园，我曾去游过一次，不久，便被国民党的机关占用了。

第一次采访

　　我在大学没有进过新闻系，我当新闻记者，是从《大公报》这个"科班"出身的。开始是"玩票"性质，半工半读，课余从事采访工作，主要是"跑"体育新闻。一九二九年起才正式"下海"，采访政治新闻，先后担任教育、经济、各地新闻和要闻版的编辑，并曾被派到武汉等大城市当特派记者。一九三八年起，先后在《文汇报》《大公报》当了二十年总编辑。

　　采访体育新闻，如何下手？最初很彷徨。恰好，师大有体育系，当时有一位教授兼任华北体育协进会的总干事，我去拜访他，得到了热情的支持。因为这也是"互利"的，我获得新闻，他的工作得到了宣传。所以，以后凡遇重要比赛，或有关体育的其他活动，我从他那里都能事先获得线索。

　　而作为正式采访，则始于太原之行。

　　一九二八年八九月间，华北球类比赛在太原举行，胡政之派我以《大公报》记者（当时我还只算北平国闻通信社记者）的名义，前往采访。

当时，华北各省市，对篮球最有兴趣，等于香港、上海人喜欢看足球一样。所以，所谓球类比赛，实际只举行篮球和排球（当时还称为"队球"）两项。比赛不以省市而以学校为参加单位。

北京师大因为有体育系，它的篮球队，多年称霸北方。二八年初，一支新的劲旅，后来被称为"南开五虎"的南开篮球队初露头角，打败了天津各强队，俨然有向师大"问鼎"之势。果然，经过几天的淘汰赛后，师大和南开获得了男子篮球甲组的决赛权，最后一天要举行锦标赛。

看前几天的报纸，我所发的电讯，很多没有当天到达，因此，去太原电报局询问。新闻电大约几小时可以发到天津？答复是：下午四时以后发出的，就没有把握，加急电则如字数不多，下午六时前后发出的，可望当天到达。

于是，我就事前做了些布置，请《大公报》的驻太原记者（他电码翻译得比我快）带一位自行车（单车）工友在体育场休息室等候。

决赛开始后，南开五虎果然如初生猛虎，敢冲敢拼，技术也相当精炼；上半场即占优势，最后，打败了师大，获得了该届冠军。

比赛是下午三时开始的，中间休息时，我先把上半场的结果简要拍发出去。比赛结束已近五时，我赶忙把南开获胜和比分发了一个不到二十个字的加急电。回到旅社后，再把比赛过程详细报道。天津《庸报》，一向以体育新闻为特色之一。这次，他们请南开队的教练李某当它的特派记者。南开获胜后，全队都拥到馆子里去举行庆功宴，李君大概在酒醉饭饱之后，才发出捷报。平津其他各报，也在比赛全部结束后，才发出了详细报道的电讯。

事后，《大公报》的体育新闻版编辑杜协民兄（他是南开的老校友，人学部第一届毕业生）写信告诉我：那天晚上，南开学生分批派出代表，到《大公》《益世》《庸报》三处编辑部守候消息。到晚上十二时，各报都未收到太原电，大多数同学都回去睡了，各报只留一人守候最后消息。直到午夜一时许，《大公》才收到我的加急电，赶上了版面。那位同学等出报后，立即买了三百份，雇汽车赶回南开，把全校同学叫醒，召开了祝捷大会。而那天的《庸报》和《益世报》，却只字没有报道。南开学生对此气极了。据杜协民兄信上说，南开学生本来大都是订阅《庸报》的，从此，纷纷改订《大公》。《大公报》从此在爱好体育的平津学生中，初步建立了声誉。

在旧中国老一辈的新闻界人物中，据我所知，胡政之先生可称是"全材"。邵飘萍、张季鸾等长于采访、写作，而不善于经营管理，史量才工于理财，《新闻报》的汪汉溪严于管理，但都不长于写作。政之先生在《大公报》复刊的初年，经常写社评，写作技巧、水平仅次于季鸾先生。他当了总经理后，还不时亲自出马采访重要政治新闻。对各版新闻，从政治、经济、教育、体育乃至副刊的编辑，指导得都能头头是道。他还能照相，也能翻译电码。在经营管理方面，他每天要审查账目，稽核现金收支，考查发行、印刷情况，还要随时注意白报纸行情，总之，他对新闻工作，可以说是"文、武、昆、乱不挡"的"多面手"。

他用人也很有魄力，在《大公报》初期，他从不从"荐书"中用人，也决少引进他的同乡亲友。以后成为名记者的长江、徐盈、子冈等，都是他从报刊或投稿中识拔而延聘的。

我的被他识拔，就开始于这次太原之行。大概他看到我在采访中能够动脑筋，也有一定的写作能力，认为有培养的前途，所以，从此以后，他每次到平（他为了兼顾国闻社，那时每星期必到平一次），总约我谈话，了解我的学习和生活，并勉励我以《大公报》作为自己的终身事业。他的教诲，一直到一九三七年底被解雇为止，我是坚信不疑的。

被张季鸾先生重视，以后让我多次赴太原试访政治新闻，大概也从此始。

再访东北

"九一八"以前，我去过两次东北，首次是在一九二六年年底，得了《庸报》的十元稿费，即以之作为盘缠，去锦州访问亲戚，在那里过了春节。

我们宜兴的城池算很小了，直径只有一里。想不到锦州这样一个关外重镇，城池更小。刚走过西门，迎面又一城门，我以为是瓮城，岂知已是东门了。城里居民不多，却有一个"古迹"，约二三层高的一座砖砌小楼，说是陈圆圆的梳妆楼。不错，吴三桂曾在此驻过"节"，然而，他的投降满清，不是说因为他的爱妾在北京陷于"贼"手，因而"冲冠一怒为红颜"的么？他进关以后，不是一直作为多尔衮的马前卒，一直打到云南，因而被封为"平西王"的么？陈圆圆是什么时候来关外梳妆的呢？这也是颇费考证的了。

第二次到东北，是二九年春，华北运动会在沈阳举行，我有太原"初战"的经验，这次，自然也派我采访。为了确保胜利，政之先生还派何心冷兄一同前往。

会场设在北陵东北大学刚落成的大运动场，而东北大学新校舍，也是不久前才在这里建成的。大楼成群，颇有些气派。

根据太原的经验，我到沈阳后，即去电报局打听，知道沈阳到天津的电报，传递比太原更慢。幸好一位南方口音的职员告诉我，北平沈阳间的长途电话刚刚架通，已开始公开通话。我和心冷约好，请他驻在城内国闻社分社留守，我则驻在北陵，每天分几次尽快把会场新闻派人送至分社，由他挂好电话，发至天津。

我还做了另一些准备工作：一是先向大会比赛组要了两本运动员名册，我把运动员都编了号码，一式两份，一本先寄往天津。这样，报道比赛结果时，只报号码，就省事得多了。二是我先到各代表队了解选手们平时的成绩，把一些成绩较好的运动员，先日请到运动场，一一给照了相。比如，在这次运动会上初露头角的短跑健将刘长春和孙桂云，我都给他们照好了起跑时的照片，寄往天津。

《大公报》教育和体育版，平时只占半页。运动会期间，每天出一整版特刊。每天所有比赛的详细结果，以及所谓"花絮"新闻，第二天全见报了；特别使读者惊奇的，是每项比赛的优胜者，都附有照片，而且仿佛是临场照的，而当时如电传照相之类，还闻所未闻。

据说，天津的《庸报》《益世报》和北平的《晨报》，在大会的第二天向该报的记者发了紧急指示，说消息如果不能加快，立即停止发电。《庸报》的总编辑更火冒万丈，写信给该报记者说，收到你的电报，还不如抄当天的《大公报》，反而更详尽些。

在旧的新闻学里，抢新闻是采访的一大要素。在公开的新闻中要争取独占，当然更是难能可贵的了。

回程经过天津，胡先生已派人在站迎接，要我下车在津馆休息几天。

这是我第一次到《大公报》馆，也是第一次见到张季鸾先生。报馆大张筵席，自不待言，张、胡两位还特地邀我家宴。在津参观、酬酢了三天，临行前夕，政之先生约我长谈，并给了我一百元，说是报社的慰劳金："你拿去添补些衣服罢。"

一百元，在我这个穷学生眼里，是多大的一笔财富啊。我还清了公寓的积欠，还寄了四十元给我在保定刚安家的父母亲。

初见张学良

那次在沈阳，第一次见到张学良。运动会已成尾声，用他的名义举行了一次招待会，招待裁判、各队领队和新闻记者。西餐吃到一半，他在东北大学副校长刘风竹（张自任校长）等的陪同下来临了。闭幕时，他又露了一次面，没有讲话，刘风竹代表致了词。

张作霖早在一年前死了，杨宇霆也已被枪决。他自任东北保安总司令，虽已"易帜"，对南京还是保持着半独立状态。

这位"少帅"，当时大概还不到三十岁罢，而面目憔悴，一点看不出青年将军的气概。当时，听说关于葫芦岛筑港和吉会路问题，和日方交涉颇为棘手。而使他如此"未老先衰"的主要原因，是因他染上了毒（扎吗啡针），这在当时，也已是公开的秘密了。

有一天，运动会已闭幕，我跟何心冷兄到市区巡礼，无意走近一座大围墙，立即被持枪的士兵吆喝着赶到马路对面走；看到行人都是低头默默地走着，有一个老者轻声对我们说："你们是关内来的罢，快走罢，这是帅府，说不定要开枪的。"可见，张作霖统治了二十多年，余威犹在。

过了不到两年，这位"少帅"受了蒋介石的甜言蜜语，再次出兵进关，赶跑了阎锡山、冯玉祥合作的"扩大会议"政府，占领了平津和冀、察等省，成了北方的最高统治者。不久还被"封"为陆海空副总司令。

大约在一九三一年春季，我在一次记不起是什么的会议上又见到他，神色益发颓唐，须发毵毵，脸上没有一点血色。没多久，听说他患伤寒病进了协和医院。

以后，就发生了"九一八"事变，他代蒋介石背起了不抵抗的黑锅，受尽国人唾骂。热河沦陷后，他和当时的行政院长汪精卫曾展开笔战，蒋介石借此机会，把他赶下了台，派他出洋"考察"。听说他在"放洋"以前，在杜月笙帮助下，住在上海宏恩医院，请一个德国名医给他戒毒。过程自然是痛苦的，有几天像发疯一样，把床单都撕得粉碎，但他是下了决心的，终于戒绝了。

大约过了一年多，他回国后，即被派为蒋的副司令，驻在武昌。我当时在汉采访，由一位姓赵的朋友介绍，和他谈了一次话。那时，他红光满面，身躯健壮，真是前后判若两人，该"刮目相看"了。

在武汉住了约一年，就被蒋调往西安；不久，就发生了轰动一时的西安事变。

真可说是一失"着"成千古恨罢。四九年四月，我们几个新闻界人士准备南下等待上海解放，周恩来在中南海居仁堂邀我们吃饭，席间，周谈到国民党的伪国大，谈到胡政之和李烛尘，他说："我们对朋友，从不强人所难，而总是设身处地为朋友着想，及时进以忠言。比如，张汉卿那次（指西安事变时）要去南京，我们曾一再劝阻。大概他是中了旧京戏的毒罢。"他还含笑风趣地说："他要学窦尔墩亲送黄天霸下山。他看不清蒋介石连黄天霸的那一点'江湖义气'也没有。因此，汉卿吃了这大的亏。"

张到南京后，马上失去自由，先是组织什么军事法庭审讯，以后又加以"严加管教"。上海"八一三"抗战后，他即被移禁奉化雪窦山的中国旅行社招待所。这个地方，我在三五年游雪窦寺时曾住过两晚，全部是木结构的临时性建筑。大概他是越想越气，越气越悔恨罢，一次，他伸腿把烤火的炭盆踢翻，大火蔓延，听说这个招待所全部化为灰烬。

一九六二年，上海市政协组织到江西等地参观团，我们在赣州，曾去游览离市区二三十里的阳明洞古迹，看到有一个山洞，外面砌了一道砖墙，颇有"煞风景"之感。当地的老百姓对我们解释说，抗战初期，这里曾囚禁了张学良一年多，当时戒备森严，张偶然出来散步，前后都被特务包围着。

以后，他大概就从这里被移禁于湖南，然后是贵州息烽的集中营的罢。

二十年代的"四公子"

鲁迅先生说，中国人喜欢什么都凑成一个十的数目，如风景要"西湖十景"，宣布人的罪行也要凑成"十大罪状"之类。

另外，我想，也喜欢"四"，如"四大天王""四大金刚"等等。在戏剧界，"四大名旦"以后，又有"四小名旦"，这都是随手举出的例子。而明末则有侯方域等"四公子"。

上篇谈到张学良，因此想到，在二十年代，报上也屡屡提到"四公子"，那就是孙科、张学良、段祺瑞的儿子段宏业和卢永祥的儿子卢筱嘉。在一九二二年第一次直奉战争以后，孙中山和段祺瑞、张作霖结成了反对曹、吴直系军阀政府的三角联盟，卢永祥则是当时段派唯一残存的实力派，对促成这个联盟最为积极。听说这"四公子"也互相交往，对这联盟也起过穿针引线的作用。

张学良的一生，大家比较清楚，我也已谈了一些。孙科则是国民党时代的所谓"党国要人"之一。有人总结了他一生的业绩，发现了一个公式：每次反蒋运动开始时，总有他的一份，而每次必以被收买而告终。四九年南京初解放时，我曾在中山陵园附近看到一座十分富丽堂皇的别墅，别的不说，单就降温来说，除有恒温装置以外，还在屋顶修上可以经常换水的水池，以隔住烈日的炎热。据说，这座房子，就是蒋介石花了五十万美元，特别修盖了送给孙科的。总之，好色好货而又没有骨气，是他一生沉落下去的主要原因。

卢筱嘉生平最"煊赫"的一件事，就是大闹共舞台。流氓头子黄金荣，为了吹捧所谓"坤伶"露兰春，特地建造了这个舞台（"共"者，男女合演也，可见，那时还是创举），让她表现其杰作——《枪毙阎瑞生》《莲英惊梦》。在剧场内，每天有一批流氓打手，分踞四座，只要看到黄一鼓掌，他们就拼命叫好。有一天，忽然在包厢里有一个翩翩青年，大声喝了一声倒彩，这无异"太岁头上动土"，立刻就被打手们拖出去打了一顿。

第二天，这个青年带了一大批便衣军警（因为戏院在法租界）来到剧场，把黄金荣照样从包厢里拖出来打了一顿，并把戏院也砸了，事毕，即把黄塞进汽车，开往龙华护军使司令部。当时，上海是卢永祥的防区，上海护军使何丰林是卢的下属。此事的结果，不外有人斡旋，讲条件释放，不待烦述了。

段宏业是"四公子"中最默默无闻的。听说他的专长是会下围棋。段祺瑞也自命是围棋的高手，他长期养了一批棋手，陪他下棋。我们宜兴有个潘朗东，是当时江南有名的棋手，也被他罗致；另一位叫顾绥如的，也在罗致之列。听说，最初在天津英租界公园里发现吴清源这个天才而加以培养的，就是他。解放后，顾在上海棋院任职。据他说，陪段下棋，要有一定的本领，每盘要"恰到好处"，只输给他半子。赢了，他自然不高兴，输得太多，会被他看不起。由此可见，帮闲，也不是容易做的。

有一天，段把他的儿子叫去，要试试他的棋艺，同他下了一盘，结果，被宏业"杀"得落花流水，把这个老头儿气得鼻子都歪了（据说，段有一个怪病，一生气，鼻子就歪了）。把棋盘推翻，指着儿子痛骂："你这小子，什么都不懂，就是胡下棋！"

这"小子"后来也有过一件"差强人意"的事。"九一八"事变后不久，蒋介石怕日本人把段祺瑞抬出来，就派钱新之到天津把段接到上海，安排他住在陈调元的一座大房子里，每月致送"生活费"二万元。另外，给安福系"健将"曾毓隽、李思浩、吴光新等十人每人每月一千元。蒋还几次面谒，敬称"老师"（段在辛亥以后任陆军总长时兼任保定军官学校校长，蒋曾在该校混过一年，然后赴日）。并一再透露，准备不久改组政府，推"老师"为总统，他自己任副总统，等老师"百年"以后，他再当总统；并说，这个"举国一致"的政府，是国家"百年大计"所必需。段当时是否信以为真，不得而知，但不久，他就被蒋接往庐山疗养。

大约在一九三五年左右，段即去世。事前，蒋曾拨了二十万元，在黄山为段修了墓道，造好祭堂，而作为"孝子"的段宏业，却坚决反对，公开声称："老爷子一身事业在北方，应该安葬到北方去。"而背后却私下对段系中人说："蒋介石这小子不是东西，将来决没有好下场，咱老爷子身后也不能和他沾上关系。"他居然独行其是，硬把段的棺材运往北京去了（解放后，由章士钊、李思浩、曾毓隽等营葬于西山）。

曹、章、陆

　　"五四"时代的卖国贼，也是曾被凑成"四大"的。记得我们家乡这个小城市，当时曾贴满红绿有光纸的标语，大书："誓死抵制日货""反对二十一条""打倒曹、章、王、陆四大卖国贼"。后来，看报上有的改为曹、章、汪、陆。王是指王正廷，汪则为汪荣宝。当时，王任山东交涉使，汪则接任陆宗舆的驻日公使不久。大约因为他们虽亲日有名，卖国则尚无实据，所以，后来就不再提及他们，而只称曹、章、陆三大卖国贼了。群众的确是实事求是的。

　　他们曾在长时期内，受全国人民的唾骂，切齿痛恨；其被深恶痛绝的程度，前乎此者，恐怕只有跪在岳飞坟前的秦桧等四大奸贼可以比拟。而后乎此者，也只有"蒋、宋、孔、陈"以及近年的"王、张、江、姚"可与媲"臭"了。

　　据说，在抗战时期的汉奸群中，有这样一句话："汉奸可为而不可为"。可为者，自然是指卖国求荣，可以升"官"

发财；不可为者，万民切齿，路人侧目。因为他们触犯了中国人民的民族利益和民族气节，自然要遗臭万年，人人恨不得"食其肉而寝其皮"。

"五四"以后，曹、章、陆三人就不再在政治舞台上露面，虽然他们还暗中任着什么银行的董事，过着租界的寓公生活，而精神上却是不好受的。

我在天津时，就听说曹汝霖的儿子在南开上学，课堂里是坐的独桌，因为没有一个同学肯同他并坐，下了课，也没有人理睬他。

曹在天津的住宅，在日、法租界交界的秋山街，坐落在法租界，而大门则面向日租界。为什么他看中这块地皮，而又如此布局？据说，他怕陷身日租界，而又怕被群众包围，万一有事，他可以率全家向日租界逃命。真是："其用心可谓良苦矣！"他是被赵家楼的一把大火烧怕了！

那么，他们这"三位"，怎么没有在后来的"满洲国"以及"华北临时政府""维新政府"乃至汪伪组织等傀儡政权中重新粉墨登场呢？这也是可以理解的。首先，敌人要搞伪组织，主要为了欺骗沦陷区人民，如果把这些早已臭名昭著、妇孺皆知的老牌卖国贼抬出来，岂非自我暴露，自砸招牌？其次，他们自己也已多年尝够了此中的况味，知道在旧伤疤上再刻上新的烙印，那就更加不堪设想了。

听说，在华北沦陷后，蒋介石曾利用过曹汝霖，叫他"曲线救国"，打入"临时政府"当一名"最高顾问"，一面要他递送情报。大概曹以为如此可以"将功折罪"，也这样做了。所以，当日寇投降、蒋军进入北平后，特务头子戴笠把所有伪组织头目一起关禁，想一个个加以敲诈勒索，而马上就接到蒋的电令："润田先生有功党国，望即释放，优待。"不久，他就赴美治"病"，前几年客死了。当然，他的臭名，并没有因此得到涮洗。

陆宗舆则在"五四"后不久就死去。章宗祥活得最长，因为他没有新的罪行，解放后还在上海安居，有时还提供些他在"五四"前后亲身经历的史料。他家住中山公园附近，六五年以前，他每天清晨还到中山公园去打太极拳。那时，他已年过九十了。

这三个人，都原籍江浙，都在清末留学日本。当时，留日学生中，绝大多数倾向革命，有的还加入了同盟会；一小部分则倾向于改良主义，成为康有为的党徒。而他们这三个人，则一心想升官发财，回国应考"洋进士"，在清政府当了主事。所以，后来走上这条路，也是"其来有自"的。

朝阳大店

在旧北京，除了"国立八大学"和清华、燕京以及辅仁等有名的学府以外，还有不少学店式的私立大学，其中以朝阳大学为最出名，学生也最多。

它设在北新桥附近一个旧的"王府"里，所以，门面十分堂皇。

它以法科著名，不少旧司法部的官员，大理院和高等审判厅的法官、推事，在这里兼任教职，教的是民法、刑法、诉讼法等旧六法。所以，学生一经毕业，"在朝"则在各级法院当法官，"在野"则挂牌当律师。在旧中国的司法界中，恐怕以朝阳出身的为最多。北方各省，特别是河北、山东各县的缙绅们，都愿把子弟送到朝阳就学，因为取得这个资格，至不济也可以回到家乡当一个能说会道的绅士，承袭其父兄的衣钵。

当时传闻的校长江瀚，是一位退职的学者型官僚，听说在前清曾做过布政史；实际负责的是江庸，那时也已近五十岁了，是北京颇"红"的大律师，曾一度任司法总长，还曾担任过"七君子"的辩护律师。

北京学界（包括教授和学生）的时髦装束是：热天一件短短的长衫，冬天一件短短的袍子，下面露出一大套西装裤。冬天还披着一条又宽又长的围巾。但在大体相同中，也有区别，师大的学生，一般都出身于贫苦家庭，有些还由各省教育厅保送，依赖公费维持食宿的。清华、北大的学生比较富裕，而清华学生的衣着当然更洋气一些。所以，有些老北京，可以从外表辨别出是哪个学校的学生。只有朝阳的学生最特别，一年级还有着土布鞋和布袜、布袍的，二年级以上，夏天大都是纺绸长衫，羽纱马褂，冬天则一袭皮裘，下面是丝袜缎靴，其仪态和科长以上的京官颇相仿佛。

不仅如此，朝阳大学大门前的包车也特别多。北京的"洋车"分两类，一类是车夫按日向车行租的，大都是土制的，有些已相当破败。另一类数量较少，是进口或上海生产的，有黑漆的车把、白铜的车灯，冬天还有棉的车帘。后者就是包车，所谓包车，不一定是乘车的主人自己制备的，有些刚刚阔起来的京官，还无力自备包车，就可以雇一个带车的车夫，工钱要比不带车的贵二三元。这些自备包车的车夫，在找不到主人期间，大抵也上街招揽顾客，车费自然要比一般洋车贵得多。

我有一个小同乡那时在朝阳上学，据他说，在朝阳大门外停着的包车夫，一般不招揽普通生意，他们和学生们有默契，坐上车，只要把车铃一蹬，马上拉了就跑，既不必讨价还价，也不要问清地名，目的地总是"八大胡同"——上等妓院集中的区域。

只要按期缴纳束脩，是不是来听课，学校是不问的。不少学生，四年里住住公寓，吃吃馆子，逛逛"八大胡同"，就带着一批讲义，成为法学士而衣锦还乡了。所以，学生们也说他们是"住"了四年朝阳大店。

我刚进师大那一年，那位小同乡特地请我到他寓所过春节。到了那里，有一位年轻姑娘笑脸相迎，还有一位旗装的老太太，出来张罗茶水，以后则上菜添饭，招待十分殷勤。我最初很不明白他们三者之间究竟是什么关系。后来，这位同乡告诉我，她们是亲母女，房子也是自己的。他住在这里，每月按约定交付三四十元，就"一切"都解决了。

他还告诉我："这一带，这样的'私寓'多得很，住客大多是我们的同学。"

这真使我长了见识，看到这都市底层酸辛的一角。

北京的公寓生活

　　老舍的初期作品《二马》《赵子曰》《老张的哲学》等，和杨沫的《青春之歌》，都曾详细地描述旧北京的公寓生活，十分生动逼真。

　　当时北京的公私立大学，除清华、燕京外，基本上都不能解决学生的食宿问题。如北大能够住进"东斋""西斋"的学生，只是极少数，其余大多数学生，都只能分住在沙滩、骑河楼一带的公寓里，伙食则包在附近的小饭馆里。

　　我进师大这几年，一直寄住在和平门外香炉营大沟沿的一家小公寓里，总共只有八九个房间，我和一个同学合住了一间。房租是"免"收的，条件是把伙食包在里面，每月每人九元，早餐是小米稀饭、冷馍、咸"疙瘩"，其余两顿，不管是馍馍还是米饭，总是一盘素菜，一碗酱油汤，三百六十四天（春节有羊肉饺子），天天是如此。后来，我的经济情况有所好转，决定不在公寓搭伙，和掌柜一再商量，每月给他房钱六元。可见我们吃的伙食，他花的成本，其实还不到三元。

公寓里不光住学生，还有一部分是带家眷或不带家眷的小职员、小京官，他们大抵住着南屋正房。我们隔壁就住着两个光身的小职员，他们一回来，不是高谈吃喝玩乐和稀奇古怪的"新闻"，就是放开嗓子唱京戏，有时还请来朋友拉胡琴。

当我摊开书本，正预备复习功课时，"我好比，笼中鸟……噢噢噢……"，夹杂着兹拉兹拉的胡琴声，灌进了耳朵，再也无法辨清书本上写些什么了。

受了这两位邻居长期的熏陶，我有时也轻轻地哼着："平生嗯嗯，志啊……气，运未通唉唉……"以发抒自己向上爬的想望，虽然并不成腔调。

每当下午四时以后，就有各色各样的小贩，川流不息地涌了进来，刚走了"萝葡唉，赛鸭梨唉！"又来了"鸭梨，赛冰糖来"。对于这些该受赞美的东西，我却一次也没有尝过。

最使人难受的是寒天深夜传来的叫卖声，"羊头，肉！"短促而凄厉，我之所以终于不敢叫住他，买几个大子儿，倒不是怕他卖的是狗肉。

还有也在深夜出现的叫卖是："半空，多给！"为了好奇，我曾跑到门外去光顾了一次，付给一个大子儿，他从布袋里掏给我几大把，使我双手都无法捧得了，原来全是拣剩的花生，虽然剥出来多半是空的，吃起来却十分香脆，也可以消磨时间。

自从不再在公寓搭伙以后，每天的早餐，总是在上学的途中，看到什么就吃点什么，多半是在琉璃厂和西河沿转角的地方，吃两块烤白薯，在另一个摊头，喝一碗杏仁茶，一共不过两分钱，真是价廉物美，其味无穷。

　　解放以后，我曾先后在北京住过一年多，总没有再吃到这样香甜的烤白薯，杏仁茶则根本没有见到，大概不是这个季节罢。我特地去琉璃厂一带寻寻觅觅，师大早已搬到德胜门外，面积比旧址大十几倍，教学大楼一幢接着一幢。

　　香炉营一带，也已改建成新住宅区，多层建筑成片。我所住过的公寓，房子还健在，已改成住宅了。

　　北大也已搬往西郊燕京的旧址，而加以大大的扩建，沙滩一带，再也看不见什么公寓了。真是换了人间了啊！

逛琉璃厂

从夏历正月初一到十五，那时的北京人，不论老、幼、贫、富，都要逛逛厂甸——以琉璃厂为中心的一大片市集。

出了新华门，就到处是地摊、小贩，卖旧书、古董的，卖糖葫芦的，卖豆腐脑的，还有搭了高座卖豆汁的。这种豆汁，有一股说不出是酸是臭的味儿，我曾吃过一口，马上吐掉了，从此再无尝试的勇气。而老北京却都对此有癖嗜，逛厂甸第一目的，似乎就是登上高座，要一碗热热的豆汁，就着免费的咸菜，细细地品味。其次，则是为小孩们买一串有的高达四五尺的糖葫芦串。上面还饰以红绿的三角小旗。

庙会的中心在海王村（当时已名为"公园"），旧书摊，多半是假古董的古董摊比较集中，也有卖拳、耍把戏的。而真想买卖古董的，则要去比海王村更东的火神庙，这里是什么名贵珍奇的东西都会有的。记不清是哪一部章回小说中记载着，这个火神庙里，有一个老道，真是神通广大，只要由他推荐的古董，买了请他设法送入宫去，不日就会被"召见"，有罪免罪，有官升官。听说，他有一条直接通到李莲英和西太后的"线"。我去逛的时候，这位老道大概早已升天了。

平时，逛琉璃厂的，大都是教授、学生，看看古书，买些文具。旧书店绝大部分开设在西琉璃厂大街，东琉璃厂则多半是南纸店、文具店、胡琴店，还有专卖狗皮膏药的药店。当时，逛琉璃厂，看古书，被认为是十分风雅的。

我在星期*、假日，大抵约上一二位同学，先在琉璃厂由西往东巡礼了一番，然后经"一尺大街"折入杨梅竹斜街，进入青云阁。那里也有不少书店，主要是买卖旧书的，我也曾为了应付公寓掌柜的逼债，夹了一大包旧书，在这里换回了几块钱。

出了青云阁的后门，就是观音寺大街，向东，则是当时北京最繁华的闹市——大栅栏。

我们往往拐入门框胡同，花几个大子儿，尝一尝颇为有名的江米（糯米）切糕。然后，从廊房二条胡同走进第一楼市场。

这个市场，也有旧书摊和古董铺，却大抵是由"打鼓的"（当时北京沿门收破烂的）搜罗来的，只有别具只眼的人，才能从中挑到什么宝货。楼上却有一个北京久负盛名的票房，据说，言菊朋、李多奎等等名演员未"下海"前，多是这里的基本票友。我曾上去参观过一次，排场确是很堂皇

---

* 星期，特指星期日，本书下同。——编者注

的，一间很不小的厅房，中间是两张方桌，各系着绣花红缎的台围，四周的椅背上，也系着红缎椅披。那天正值清唱之期，下面那张桌子上，点着两盏明角的风灯，两周的文武"场面"，正在吹吹打打，琴声悠扬。上面那张桌子四周坐着的，不问可知都是票友，正在轮流着一出出地清唱。我的所谓参观，当然也只是在门外观光一下，并听几句白戏而已。

出了第一楼的大门，就是珠宝店和银楼集中的廊房头条，还有几家大的钱庄。此外，有两家十分出名的大铺子：一家是大照相馆，可惜再也记不起它的牌号了，门口挂了不少"伟人"的彩色大照片（当然只能是"着"的色），可敬佩的是识时务之快，昨天挂的还是"张大元帅肖像""张效坤（宗昌）将军的肖像"，今晨就换上了"蒋总司令""阎总司令"的"肖像"了。

还有一家是撷英番菜馆。名曰"番菜"，其历史之悠久可知。鲁迅的《华盖集》中，曾记女师大校长杨荫榆曾在这里请客，策划抢占学校的阴谋。可见它是达官贵人时髦的应酬场所之一。

我们大抵从那里穿过劝业场商场，沿着西河沿，走过高升店、连升店等过时的客栈，回到琉璃厂，结束假日的旅程。

我的教戏老师

    谈到票友，旧的戏报上，总是把溥侗和袁寒云吹捧得神乎其神。溥侗是溥仪的近房兄弟，以"红豆馆主"出名。据说，他是生、旦、净、末、丑乃至文武场面，无一不会，而且无一不登峰造极的。究竟如何？我只听过他的"留声机片"，是有点"谭"味，其他就莫名其妙了。他晚年却大受蒋介石的青睐，被罗致为"国大"代表。

    袁寒云大名叫克文，是袁世凯第二个儿子。在洪宪登场前后，他曾刻一颗图章曰"王二子印"，俨然是以陈思王曹子建自居了。据说他也是"昆乱不档"，行行登峰造极的，却似乎没有灌过什么唱片，我当然更莫名其妙了。而且，他还颇蜚声于上海报坛；小报的"鼻祖"——《晶报》创刊初期，几乎每期有他的歪文、歪诗乃至歪字，或者记载他的"风流韵事"。

    我的教戏老师莫敬一先生，在旧北京也是赫赫有名的票友。当余叔岩因病无法再登台时，全班人马商请莫先生"下海"领着他们继续上演，这是我在北京上学时不仅早就知道，而且去欣赏过的。至于跟他学戏，则是十几年后的抗战时期了。

那是在香港沦陷、我到桂林后不久，有一天，一家晚报上刊载一条消息，说香港来的电影演员中，有几位是很能唱戏的。于是，当地最有名的票房"风社"，特地邀宴徐琴芳、路明等，我也被邀参加。他们烦请"香港客"先唱，徐、路等唱过后，我也"吊"了一段《汾河湾》。后来，主人们唱了，最后是一位瘦瘦的老人，唱了一段《洪羊洞》。我听了像是喝多年的陈酒一样醇冽。我忙"请教"姓名，原来就是莫先生。

下次"进城"时，我特地到榕湖边上的风社去访问，希望他给我指点指点。莫先生微微一笑说："我们还是从头研究研究罢。"我听了，如冷水浇头，知道过去学的不下十几出戏，全是白费功夫了。脸上不免火辣辣的。

他看我的请教是真诚的，而且有从头学起的决心，于是，就给我定了两条"戒条"：一、从今以后，把以前学的，完全抛弃，不要再唱；二、跟他学的戏，除非他已点头了，也不要在外面乱唱。然后，他取出了一大叠如《圆音正考》等关于音韵、阴阳平、团尖、开合口等的书，要我好好研究。一个月后，才开始教戏。我先学一出"西皮"戏《打渔杀家》，十足花了四个月；以后"二黄"戏《洪羊洞》，又学了三个多月。有了这点底子，后来学起来就快了一些。我在桂林、重庆，一共跟他学了十一二出；学唱，也学道白。

据莫先生说，他在民国初年，就在某部当科员，多年在票房潜心钻研谭派的戏，谭鑫培每次登台，他必到场揣摩。有一次，在湖广会馆堂会，和余叔岩同台唱了一出戏，从此两人互相切磋，成了朋友。七七事变后，他离北平南下，参加了田汉领导的戏剧宣传队，在湖南一带演出，以后就到了桂林。

他在教戏之余，还跟我讲了不少戏剧界的掌故。他说，余叔岩在内行中，从没有认真教过一个学生；杨宝森等只是他的"留学生"（从留声机中学到他的唱腔）。只有在票友中，用了真功夫，教盐业银行的张伯驹不少戏。有一次，张"票"过一出《空城计》，戏剧界为了"捧"他，由余反串王平，杨小楼反串司马懿，两个老军则是王长林和慈瑞全。这样的配角，可是从来少见的。可惜张的嗓子不亮，尽管腔调好，第三排就听不大清楚了。

张的老子张镇芳，是袁世凯的表弟，曾做过河南都督，刮了不少钱，独资开设盐业银行。在北京，张伯驹收藏古玩之多而精，也是有名的。袁的"太子"袁克定，晚年潦倒至衣食不继，听说张时常予以接济。

刘宝全与张寿臣

张恨水《啼笑因缘》的主角之一，是在天桥唱大鼓的沈凤喜。当时的天桥，到处是臭水坑，不少小戏园子和落子馆，就建造在这些水坑上面，变把戏、耍拳以及各式各样的食品摊，则散落在大大小小的旷场上。即使到深秋，也还是苍蝇成群飞舞。在天桥的极西头，有一个仿佛上海"大世界"的游乐场——"城南游艺园"，我去游览时，京班的主角还是福芝芳，她不久就成为梅兰芳的夫人。

记得当时的东安市场和西单、东单一带，都有落子馆，但我在北京住过三年，一次也没有去欣赏过。

对曲艺发生兴趣，是在到了天津以后。编教育新闻和经济新闻，都要在深夜十二时截稿；后来，我改编地方新闻和副刊，则工作时间基本在下午，吃完晚饭，就可以看完大样，工毕回家了。也就是说，晚上有时间可以玩玩了。

从"四面钟"往南走大约一百公尺，就到了法租界的七号路，再走过两条马路口，就是当时天津的繁华中心劝业场。这里，有三个鼎足而立的商场，最大的是七层楼——当时天津最高建筑的劝业场，其最高层有"天华景"剧场，经常演京戏。劝业场隔壁是五层楼的天祥市场，大概它的年龄较大，所以，它们后门的一条马路，大家称为"天祥后"，著名的"狗不理"包子铺，就设在这里。

这两大商场对面是泰康商场，相形之下，既矮而小，只有三层楼。下面只有几个古董、文具、玩具摊头。二楼有一个不大的落子馆，北方著名的"鼓王"刘宝全经常在此露演，因此，我便成为它的常客。

门票只售两毛，还"奉送"一壶香茶。前面有七八档，如梨花大鼓、古影戏法、莲花落、天津时调——靠山调等。虽然也都是一时名角，但一般老听众，大抵都要等末三档上场时才纷纷入座。先是荣剑尘的"单弦"，他也是这一行最出名的演员，记得他多半是说一段《聊斋》里的故事，带说带唱，十分动听。下面是张寿臣、陶湘茹的相声。张是侯宝林的前辈，现在的名演员马季，该称他"祖师爷"了。这两位"徒子徒孙"的嗓子，似乎都比他们的先辈为清脆，但冷隽、含蓄，则我以为还有所不及。张的题材，大抵抓住小市民生活中的一个矛盾，加以发挥。当然谈不上有多么深刻的教育意义，但他能刻画入微，不仅时常引起哄堂大笑，往往还能使听众事后想起，忍俊不禁。这在行话中叫"隔夜笑"，非有高度的艺术素养是办不到的。

最后是刘宝全上场。他那时已六十开外，穿着古铜色的缎袍，外罩背心，苍苍白发，完全是一副老士大夫的气派。

但他总要先说几句开场白："……换上学徒我来，给各位换换耳音。"而当他把鼓签子在鼓上一点，全场就鸦雀无声，静听他一段铿锵、错落有致的鼓牌，然后听他发自丹田的字正腔圆的京韵大鼓。

他唱的全是帝王将相的内容，大都取材《三国》《水浒》，如《战长沙》《李逵夺鱼》等都是他拿手的"段子"。听说他早年曾做过小官，很有些文学修养，他所唱的底本，基本上是他自己编写的。为了有人说他只善于唱英雄故事，不善于描述儿女私情，于是，他赌气编唱了一段《大西厢》，以之和白云鹏较量高下。这一段，的确把红娘的性格、口吻，刻画极为细腻，唱腔也如食哀家梨，"刷啦松脆"，使人百听不厌。

我最后一次欣赏他的艺术，是在抗战初期，上海成为孤岛，《文汇报》经常处于敌伪抛掷炸弹、投送毒汁水果等威胁之下的时候。他在远东饭店短期演出，我还冒险去听了他一段《游武庙》，是写朱元璋和刘伯温君臣间钩心斗角的片段。我认为这也是他的杰作之一。以后，就再也听不到他演出的消息了。

初期《大公报》编辑部

　　我国自有近代式报纸（区别于过去的"公报""官门抄""邸报"）以来，一向只有"上海报"行销全国，当然也行销于京津。扭转这个"南报北销"形势，自《大公报》始。《大公报》单独在天津出版时，即已发行全国，成为北方第一张全国性的报纸，就其政治影响而言，可能还超过上海的《申》《新》两报。

　　谁都不会相信，当时《大公报》编辑、采访人员（驻外埠记者除外），只有二十人左右。

　　"九一八"事变前，《大公报》设在日租界旭街，前面是一座曲尺形的二层楼，后面则是印报的厂房。编辑部设在二楼，大约至多只有五十平方公尺大小罢，安放七八张双人写字台，总编辑张季鸾以下，都在这里写稿、编辑。除此以外，只有二三个小房间，一间是会客室，一间是胡政之的经理室。

　　胡政之兼任副总编辑，张季鸾名义上也兼任副总经理。

编辑部的其他成员，几乎也都身兼两职。要闻编辑许萱伯兼编国际新闻；本市新闻编辑何心冷兼编副刊《小公园》，还要指挥外勤记者；各地新闻编辑王芸生兼编《国闻周报》。我调到报馆以后，先编教育与体育版，不久，杜协民调去经理部当会计主任，我兼编经济新闻。后来，调任各地新闻编辑，还要协助徐凌霄编辑副刊，有时，还被派出去当特派记者。杨历樵任英文翻译，也要兼看一部分《国闻周报》的稿件。此外，外勤不过四五人，外加两三个练习生。编辑部的"班底"如此而已。

人少，规章制度却很严，比如，编辑除按时上班外，下午三四时，必须到馆细心阅读本外埠各大报，比较相互的优劣。胡政之对此特别认真，他根据比较，向驻外记者发出指挥采访的电报。

那时，吴鼎昌还未进入"宁国府"，是"在野之身"。他几乎每晚必来编辑部，和张、胡高谈阔论。作为报纸灵魂的社评，一直是由他们三人轮流撰写，文字上由张最后润色。

张季鸾是一派名士作风，从下午起，不断会客，有时也抽空出去看一两出白云生、庞世奇的昆曲。晚上，在重要新闻已大体明了后，才撰写或修改社评。要闻版的主要标题，也由他写。他十分注意标题的概括性、倾向性，选字炼句，力求畅晓。举例言之：蒋桂战争，是由桂系控制的武汉政治分会把湖南主席鲁涤平免职而触发的，当时，政治内幕复杂，新闻头绪纷繁，张写了一个大标题：《洞庭湖掀起大江潮》，把山雨欲来的混战形势，一针见血地点出来了。

他看其他各版的大样，也很注意标题。我在编各地新闻时，记得有两次曾受他的表扬，一次是，山东通信员写了一篇《抱犊崮》（直系军阀政府时，曾在这一带发生土匪孙美瑶劫车绑票案，轰动一时）的旅游通信。我标的题目是两行，眉题：仙境？匪窟？主题是：抱犊崮风景旖丽。另一次是一篇《记从西安到榆林的见闻》，我标题：一路风雪到榆林。他看了都连声称"好"。后一个，我自己也并不认为得意，所以受他赞许，大概也因为触动了他对故乡的怀念罢（张是榆林人）。

他写的社评，是《大公报》畅销的一个重要因素。观点如何且不谈，文字精练而晓畅，针对时事，适当阐述内幕。所以，他写的标题中有评论，写的评论中含新闻。这是一个特色。尽管窗外车声喧闹，他总是凝思执笔，写好一段，就剪下发排，全文打出小样后，再细细推敲修改。

时间已过去五十年了，当时的情景还如在目前。张先生于一九四一年病逝，胡、吴两位也先后于四九年、五〇年去世。当时的工作人员，除王芸生兄*和我健在外，其余同事，屈指算来，已十九作古人了！

---

* 本文写于1980年2月，王芸生先生于1980年5月去世。——编者注

人间魔窟

旧《大公报》的地址，在"四面钟"对过。四面钟者，见词明义，可知是四面皆可望见的钟。有如上海的"大自鸣钟"一样，成为一个地段的总称了。

四面钟旁边有一家四五层的德义楼，那是日本人开设的旅馆，而实际是一个淫窟和毒薮。每当春夏可以开窗的时候，一阵阵扑鼻的烟"香"，浓浓地吹进我们编辑部。凭窗就可以看到旗袍、西服或日本装饰的妖娃，两两三三出入这座大楼。我们就有两个同事，最初是偶一观光，以后成为该楼的常客，其中，有一位是颇有才华的编辑，听说开始是吸烟，后来是吸毒，最后一面发稿，一面沉沉欲睡，不到四十岁就"玉楼赴召"了！

天津妓院最大的集中地，就在日租界的"下天仙"一带，其范围之广，似乎远远超过北京的"八大胡同"。段祺瑞当国时的安福国会议员，也就是那一时期《大公报》老板王郅隆（祝三），听说就出身于"下天仙"一家妓院的"大茶壶"（天津人对妓院杂役的通称），以后，他自己开了妓院。也是"时来运转"，有一天，安徽督军倪嗣冲"光临"他这个妓院，想打牌而三缺一，于是，这位王老板就被邀作陪。倪输了几万元，王把他开的支票在烟灯上当场烧化。从此，两人成为莫逆之交。王时常往来于津浦道上，成为安徽的驻津代表，代倪筹办军火和粮饷。不久，倪把他介绍给段祺瑞的智囊徐树铮，俨然成为北京政府的显宦、安福系的红人了。直皖战后，他和徐树铮、王揖唐等一起，被宣布为十大祸首而明令通缉，逃往日本，在东京大地震中身亡。他的一生事迹，实在可以作为北洋"官场现形记"中十分精彩的章回。

日租界有几条较为偏僻的街上，还出现不少特殊的商号，一种是门前挂着"某某洋行"招牌的，据说是专门贩卖毒品的，其行销范围，远及北方各城市乡村，红丸、白粉以及吗啡针色色都有。另一种商号，门前也悬挂金字招牌，而另外还有一块牌子，写着"五角随便"几个大字。一位记者告诉我，那些都是下等妓院。在靠近华界的"三不管"一带，还有更下等的，三角、两角就可以"随便"，顾客大概全是拉"胶皮"（天津对人力车的称呼）等苦力。那些日本浪人们，以毒品广泛毒化北方农村，而那些被"随便"的对象，又都是这些浪人们雇人到各地农村拐骗来的，既蹂躏了妇女，又用梅毒残害劳苦大众。

天津原来有八个租界，是全国租界最多的地方，第一次世界大战后，德、意等租界收回改成"特区"，还剩下三个，其中以日租界藏垢纳污，罪恶最大，流毒最广，可称是华北最大的魔窟。

而且，平时的空气也总是阴森森的。我深夜工毕回家，半路上时常有人突然从背后抱住双手，接着是日警持枪周身搜索。受到这种遭遇，真有人间何世之慨！

"九一八"后不久，有一天深夜，我刚发完了稿子，忽然从"三不管"方向传来了密集的枪声，同时，报馆门前，立即有日本军警设了岗，行人断绝，兵车呜呜而过。那天，我们全体职工被困在馆内到第二天中午才能外出回家。不仅这一天的报纸一张也没有发出，以后也无法再出版了。

事后知道，那一夜是日方雇用了大批流氓，由汉奸张璧等率领，由日租界向华界冲击，企图占领南市，没有得逞。这就是所谓天津事变。

大约在十天以后，《大公报》搬至法租界30号路新址继续出版。我的家人，也匆匆带了一些随身衣服，逃到法租界一个同乡家里避难。不久，我被派往汉口当特派记者。那时，日租界出入还被阻断，我寓所的家具、书籍等，始终没法搬出来。

张恨水与刘云若

清末有名的狭邪小说，如韩子云的《海上花列传》，杰出的谴责小说，如李伯元的《官场现形记》和吴趼人的《二十年目睹之怪现状》等，大抵都是在报刊上随写随登的急就章，这就开了中国报纸连载小说的先河。

二十年代初，我在中学读书时，李涵秋的《广陵潮》正在《申报·自由谈》上逐日披露，颇能吸引一部分读者。以后，如天虚我生、王钝根等也撰登长篇连载，殊不值一读矣。

北京的报纸，写这类小说的，以《晨报》的陈慎言和《世界日报》的张恨水为最有名。"九一八"事变后不久，上海新闻界组织代表团到北方参观，严独鹤约张恨水为《新闻报》写长篇连载，《啼笑因缘》一经刊载，即风靡了十里洋场的小市民群，排文明戏，编评弹，还拍摄了电影。从此，张恨水之名，洋溢南北。

我和恨水第一次见面，是一九三六年在上海，他言谈很风趣，记得那天同席中，有人问"堂倌"有没有稀饭，回答说没有。恨水说他们家乡安徽的小饭馆中，"跑堂的"只消抓一把米，放在嘴里嚼碎，然后吐入开水锅里，一忽儿就端出稀饭来应客了。

抗战胜利后，他任北平《新民报》总编辑。北平解放时，他已中了风，得到人民政府无微不至的照顾，大约在一九六七年前后逝世的吧。仿佛是《新民报》的老朋友告诉我这个噩耗。

我在天津工作时，看到《商报》和《新天津报》等刊载刘云若的长篇连载，极为惊奇，看到他的笔触极细致，刻画人物极生动，特别是描写天津下层社会的生活，真可说是入木三分。

一位《大公报》的记者和他很熟识，据他告诉我，刘的生活潦倒，每天有大部时间流连在"三不管"附近的小烟馆中。他为几家报纸写章回小说，总是要报馆派人到小烟馆中去坐索。在他吞云吐雾过足了瘾后，坐起身，要了一方手纸，就着烟灯，密密的蝇头小楷写完一张纸，即交给索稿的人，拿回去排出，总是恰恰排满预留的地位。

一九四九年三月，在由香港赴解放区的船中，曾和郑振铎先生讨论近年出版的章回小说。他对刘云若的作品也极口推许，认为他的造诣之深，远出张恨水之上。我向他介绍所耳闻的关于刘的生活和写作情况，对于刘同时写几个长篇小说，而又如此仓卒写作，何以能情节、人物互不错乱，也决少敷衍故事、草率成篇的痕迹，表示很惊讶。振铎先生说，这是首先由于刘对当时的下层社会，各个方面，有深刻的切身体会，在所遭遇的各色人物中，早已抽象出各种典型。其次，他在一榻横陈时，早已把各个小说的故事、布局，了然于胸，并构思其具体情节的演变，所以，他能一挥而就。

振铎对刘的《红杏出墙记》最为赞赏，认为它是这一类小说中最出色的作品。

解放以后，就没有再看到刘云若的新作，也没有听到有关他的任何消息，可能在天津沦陷以后，就在流落中湮殁了[*]。

---

* 刘云若先生病逝于1950年2月。——编者注

溥仪、郑孝胥、汪精卫

我在天津工作只有两年多（二九年秋至三一年冬），中间还两次赴晋，一次赴粤，每次采访总在一个月以上。所以，我实际在天津生活，不到两年。

这短暂的岁月里，却碰到过三个后来都变成大汉奸的"怪物"。那就是：溥仪、郑孝胥和汪精卫。

这位溥仪先生，从一九二四年被冯玉祥赶出紫禁城以后，在他父亲载沣家里住了没有多久，就在日本侵略者的设计下，化装逃进了东交民巷日本公使馆。翌年，即逃到天津。那时（二九年），他在日租界张园做寓公，还摆出一副小朝廷的架势，每天有一些遗老去"觐见"。他早已成为日本军阀的囊中物——一块他们随时准备抛向中国的石头。

他有几个老师，教他读书，其中有教四书五经的陈宝琛，还有教英文的庄士敦（英人），还有一个，却不一定为人所熟知的，那就是教他打网球的林宝华。林和邱飞海曾代表中

· 106 ·

国参加远东运动会，得了网球锦标，从此成为新闻人物。那时，"宝刀"已老，从上海退居天津，不知怎么，也成了张园的常客。

有一天，林、邱在英租界草地网球场和外国名手比赛，我曾往观战。开赛不久，忽然观众的视线都被转移到对面的特别座上，不少人指指点点说："宣统皇帝来了。"

他穿着一身笔挺的西装，在瘦削的脸上，架着一副宽边的墨绿眼镜，后面紧跟两个年轻女人，都穿着绣花的旗袍。前一个，不用说是他的"皇后"——《我的前半生》中所说的婉容了。丰容盛鬋，还看不出一点烟容。后一个，自然是他的"贵妃"，却瘦瘦的没什么姿色。

和郑孝胥的"一面之缘"，却更为偶然。

一九二九年，陕西发生了大旱灾，真是赤地千里，饿殍载道。《大公报》发起陕灾募赈，每天在报上大声呼吁。来报馆捐款的人越来越多，经理部几个同事无法应付，胡政之嘱我下去帮帮忙。有一天，来了一个瘦高的老年人，袍子马褂，腰板挺直，臂上挂着手杖。他拿出二十元，着我登记，并说出了他的姓名——郑孝胥。我在中学时代，就听到这个"书法家"的名字，在北京的琉璃厂，更见过不少他写的招牌和出售的对联、条幅。于是，我假装听不懂他的福建国语，抽出一张小纸，请他"留名"。哪知他更加狡狯，马上掏出了一张名片。然后，出门上车走了。

和汪精卫见面有两次，都是有意去采访新闻的。第一次是一九三〇年九月，由于张学良出兵，北京的"扩大会议"作鸟兽散，我再次去太原，想看看他们是否将在太原维持

"政府"的架子，继续与"宁国府"对抗。我去访问了他。

自从他二七年和陈独秀发表联合宣言，接着在武汉事变以后，他的"左派"伪装，早已自己撕得粉碎。特别是几年来他的朝秦暮楚，翻覆风云，在我心目中，早不是什么人物了。却没有想到他还那么年轻，风度翩翩。无怪后来鲁迅把他比作大观园中的"丰韵犹存"的王熙凤。

他很会说话，我问他，"政府"是否将正式迁至太原？他说："我们国民党的历史，是公开的时间短，秘密活动的时间长。"我因此明白，他已不打算在此长住，这个局面就要结束了。他还拿出了一束纸，说是他们扩大会议已经讨论好了的《约法草案》，连声说："请指教。"不用说，他是希望《大公报》予以披露的。

过了几天，我就离开太原，在石家庄投宿正太大饭店，隔壁房里，恰恰住着他的秘书——后来在河内做了他的替死鬼的曾仲鸣。因此，我估计汪必定即将离开，曾是为他探路打前站的。

第二次是翌年五月，由于蒋介石把胡汉民囚禁于汤山，激起与胡有关的"元老"古应芬等的反对，怂惠陈济棠纠合桂系的李、白和孙科等各派政客，在广州开府，召开所谓"非常会议"，再一次举起反蒋的大旗。汪精卫也匆忙从海外赶回参加。

张季鸾派我赴粤采访，交给我的主要任务是：了解一下，粤府是否将出兵"北伐"？也就是：是否将再一次爆发军阀混战。

我到了广州，第二天适逢"纪念周"，在粤的文武"大员"济济一堂。由于太原有一面之缘，我首先找汪，希望单独谈话。他约我第二天清晨在东山3号他的寓所见面。

我应时前往，约略问了些他出国后的情况，然后引入正题，问他粤府是否准备出兵讨伐？他迟疑了片刻说："我们的方针，可以归结为两句话，即以建设求统一，以均权求共治。"言外之意，很清楚是无意与南京兵戎相见。后来的事实说明，他那时明为反蒋，实际是借广东的一局棋，来寻找和蒋妥协勾结的门路，捞取对蒋讨价还价的资本。

当时，早就有人说，汪这个人很虚伪，对人总表示得很谦虚恭敬。果然，他那次送我出门，还亲自给我打开车门，恭送如仪。"王莽谦恭下士时"，固然是历史上大奸大猾的一个规律，但对我这样一个二十几岁的年轻记者，如此"谦恭"，未免太过分了。

而就是他，八年以后，面目大暴露，他到上海后，就一手扼杀了在"孤岛"宣传抗战的《文汇报》。

当时北方农村一瞥

一九二九年冬,在一次我即将结束在太原的采访工作,准备回津的时候,接到胡政之来信,希望我乘便去定县参观一下晏阳初主办的"平民教育促进会"。

《三国演义》上说:刘备是"中山靖王刘胜之后,汉景帝阁下玄孙"。定县,古称中山,就是刘胜的封邑,可见在西汉时,就是北方有名的大都市了。

出车站不远就进了城门,出乎我意外的是,城里也和城外一样,看不见一个铺子,也看不到一所像样的房子,一片平平的田畴,覆盖着皑皑的白雪。大车在弯弯曲曲小径上颠抛前进,经过一丛丛枯树林,走了一个多小时,还看不到一个像样的居民点。这个城池之大,可以想见。而所以如此荒芜,大概因为从南北朝、五代、辽、金、元以来,长期遭受变乱,灾祸频仍;自京汉铁路通车后,此地又非交通要冲,因而任其衰落下去的罢。

好不容易到了"平教会"的所在地，却见一片建造得十分整齐的院落，里面油漆一新。听说晏阳初又去美国募集基金去了，招待我的有陈筑山、熊佛西诸人。他们先安排我在客房住宿，窗明几净，一切布置，不下于新式的旅舍。招待的伙食，也十分精美。饭后，我倾听了他们的报告、计划和理想，又在他们的引导下，参观了奶牛场，改良的养鸡、养猪场，还有改良的农具作坊。看来，他们是想把美国农村的一套，搬到中国来，改进耕作，"启迪民智"，从而缓和广大农村中的阶级矛盾罢。但即以我这样一个浅见的人看来，这样的"全盘西化"，其势是行不通的，所谓"实验区"，至多只不过是一个人造的洋"桃源"罢了。

当时，在定县城内，还有一个"实验区"，那是当地士绅米迪刚等人搞的"村治"。在太原时我托王鸿一老先生给米氏写了介绍信。王也是搞村治的，在山东以此闻名，曾任山东省议会会长。那时，也和李书城一样，是竭力拉拢冯、阎联合反蒋的。

我在"平教会"参观了一天多，即雇了大车到了米氏兄弟所居的村落。他们为了招待我这个远道来访的客人，真是费尽了心。偌大一个定县城，买不到一斤面粉（居民整年吃杂粮，当然，大多数还不能吃饱），总算由米氏两家凑出了几斤。最方便的办法，是包饺子待客，但城里又素无猪肉供应。最后，有人说，邻村死了一匹马，于是，就设法去割了一斤多死马肉，解决了问题。

这里没什么可参观的，只看到一些纸糊的招牌，什么"民众识字处""代表议事处""公断处"等等。听了米氏兄弟的介绍，也无非是教贫民识字，让民众"自治"之类。

　　总之，在定县看到的是两张膏药：一张是洋膏药，一张是土膏药，名义上都是为了解决农村贫与"愚"的问题，实际都是想缓和农民的矛盾。

　　北方农村的穷苦，还有一个生动的例子。我父亲长期在保定车站当小职员，七七事变后不久，车站的高级职员坐着专车南下了，把他们抛弃下来。我父母靠邻居的帮助，逃到博野的一个小村避难。第二年，他们才辗转到了天津，乘轮南下到上海。据我父亲说，他们住的村庄中，寒冬腊月，没有一家生火取暖。好心的房东老大娘，常常找到一些破纸或柴草，点着了，在我母亲的床头摇晃一下说："老太太，给你取取暖，起身罢。"这情景，是通都大邑的人所无法想象的。

　　解放以前，据社会学者李景汉的调查统计，北方各省，包括北京郊区的农民，平均每人每月的生活费，只有三角钱。不解放，怎么得了！

傅作义与张学良

在北洋统治时期的军阀混战史上，有两个闻名的围城战。一是一九二六年的西安之围，守军杨虎城、李虎臣部被刘镇华的镇嵩军围攻达八个多月，城内几乎把树皮和老鼠都吃光了。最后，由冯玉祥派孙良诚、方振武等从五原星夜驰援，才把刘镇华击败而解了围。

另一次是一九二七年的涿州之战，围、守也达四月之久。这一战，使默默无闻的傅作义变成了闻名中外的英雄人物。

阎锡山部下，从来没有什么能征惯战的骁将。记得一九二八年我第一次去太原采访冯（玉祥）、阎关系的新闻时，曾看到冯的秘书雷嗣尚等编写的一个剧本，名为《阎王登殿》。当"阎王"出场前，"起霸"的四员大将是商震、马开崧、赵戴文，还有一个后任山东建设厅长的姓孔（繁蔚）的师长。商震的登场引子是："大将南征胆气豪。"那是指一九一八年南北战争时，阎派商震率一旅人参加皖系南征，在湖南境内被打得全军覆没。第二个大将马开崧，念的是："哈拉寨外把名标。"因为马在一次内战中，仅以身免。姓孔（繁蔚）的大将念了什么，记不清了。第四个是阎部下出名的高唱以半部《论语》治天下的赵戴文，他曾以民政厅长兼任保安司令，听说，在一次戎装阅兵中，指挥刀拔不出来，原来他挂在右边了。因此，他的开场白是："俺，将军右挂指挥刀。"

总之，这本《阎王登殿》，是把这个阎"老西"的家底全抖出了，丑态百出，形容尽致。那时，阎正把冯玉祥诱骗到山西，软禁在阎的家乡——五台县建安村。冯部下写此剧本以舒愤懑，是可以想见的。

这里，也可以看出，阎是专靠投机取巧、翻云覆雨起家的，作为军阀，其实兵微将寡，实力很有限。而傅作义在北洋统治的末期，还只是晋军的一个旅长，排不进"大将"之列。

一九二七年北伐军打到长江以北，吴佩孚、孙传芳相继溃败。冯玉祥部东出潼关，占领了河南。那时，阎锡山又一次投机，自称"国民革命军北方总司令"。封商震为北路总指挥，徐永昌为南路总指挥，分别出兵大同和石家庄，企图夹攻奉军，抢占北方地盘。傅作义刚被升任晋军第四师师长，隶属徐永昌部下。他奉命组织了一支挺进军，从蔚县一带，衔枚轻骑疾进，切断平汉路，孤军深入，攻占了涿州城。像一枚从天飞下的炸弹，在奉军（当时号称"安国军"）的心脏部位炸了一个缺口。

当时奉军的主力是第三、第四方面军，总指挥张学良和韩麟春，总部设在保定。涿州被占，后方受到严重威胁，因此调集重兵围攻。历时四月不下，最后，由北平的山西同乡会及红十字会等慈善团体出面调处，保证守军不杀不俘，改编为"国防军"，不再参加内战。傅则被优待安置在保定，从而使这个弹丸的小城，结束了一场浩劫。

在这期间，我曾一度赴前线采访，并便中赴保定探望旅居的父母。火车来往经过涿州站，都未停车，疾驶而过。只在车厢内了望涿州上空，火光交织，炮声轰鸣不绝。

大概也是惺惺惜惺惺罢，听说从此以后，傅作义便和张学良订交成了知心好友。不久以后，报上传出傅作义已化装潜逃。而当北伐军打到北平时，傅忽然又在天津出现，被任为天津警备司令。在军警密集、戒备森严的保定，被严密"优待"着的傅军长，怎么能够忽然失踪了呢？稍有常识的人，是不难看出这一幕的破绽的。事实是，北伐军以二集团军冯玉祥部为主力，已猛烈攻进河北中部。蒋介石怕冯占领平津，实力扩大（那时冯的军力实际已超过蒋的嫡系部队），想扶植阎锡山，牵制冯军。张作霖看到大势已去，决定退回关外，他也怕冯军先到天津，截断他的归路，因此，由张学良建议，先期把傅作义密送到天津租界，并把他的旧部也拨还了他（成立了所谓北伐军津浦路总指挥部）。这笔交易，就这样做成了。

从此以后，傅的声威，在晋军中，仅次于商震与徐永昌。在商、徐先后被任为河北、山西省政府主席以后，傅也继徐之后，出任绥远省政府主席，成为晋军中第三个"方面大员"。

阎"老西"这个人，器度是很狭窄的，也像何键的"非醴勿听，非醴勿用"（何是醴陵人）一样，阎的心腹大将，十九是五台人。五台以外的，爬到一定程度，就要被剥夺兵权，或投置闲散。商震因此一怒之下，摆脱晋军，投奔蒋介石，徐永昌则乖乖地去南京当了幕僚（军令部长），从此和阎丝连而藕断。傅虽然和阎沾一点亲戚关系，但也因为不是五台人（他是临猗人），而又"功高震主"，同样受到排斥；他当时统领的第三十五军，实际被视为晋军中的"杂牌军"而备受歧视。

在西安事变前后，可以看出阎、傅政治态度的分歧。阎在中原大战失败后，即和日阀密切勾结。西安事变爆发前，张学良曾向北方各实力派暗下打了"招呼"。听说，当阎听到部下向他报告蒋在西安被扣的消息时，立即从衣架上取下一件预先制备的白大褂披在身上，发出"呜呜"声，装出如丧考妣的样子。随后，听说蒋没有死，连忙补发一个"调停"的通电，措辞也极模棱两可。他是很想"黄鹤楼上看翻船"，从中捞一把的。傅作义则在西安事变以前，就违反蒋和阎的意志，暗中得中共支持，坚决抗击，掀起了有名的绥远抗战。可以说，和当时张学良的主张，是默默呼应的。西安事变以后，他也并未以一矢相加，更未投井下石。

以后，张学良一直成为"阶下囚"，傅当然不可能和他有任何联系了。

在一九四九年九月，曾有过一段事后迄未公开而十分确切的"内幕新闻"，值得一表。开国的全国政治协商会议已开了几天，始终未见傅宜生出席，很引起人们的奇怪。一天晚上，我在侯外庐先生家便饭，席间遇着一位周先生，他是侯先生的同乡好友，又是傅的心腹之一。席间，他很高兴地说："好了，刚才接到消息，傅宜生快回来了！"我以新闻记者特有的职业敏感，知道其中大有文章，连忙寻根究底，这才了解此中经过。原来，蒋介石对傅还不死心，曾由台湾经绥远当局（当时绥远尚未和平解放）转致傅一电，大意说，他自己深悔在西安事变时意志不坚，接受了共同抗日的条件，致使共产党坐大，酿成今日的局面。希望傅以他为"前车之鉴"，当机立断，不要像他那样，将来"噬脐莫及"。傅当然不会受这个诱惑，就带了这个电报去见毛泽东。毛泽东看完后，笑着问傅："你的意思怎样？"傅答："我当然不听那一套，但绥远的事，迄今未决。我想乘此机会，去绥远走一趟，也许可以促成和平解放。"毛泽东说："好，你去罢，希望你完成任务。你不回来也可以，一切由你自己决定。"

毛泽东是十分相信傅不会动摇，一定会完成任务的。果然，傅在政协闭幕前赶回来，参加了最后几天的会议，绥远也宣布完全接受条件，和平解放了。

写到这里，看到台北的外电，知道张学良还健在，他和患难相从几十年的"赵四小姐"，还被邀参加蒋经国的"中秋晚会"。但是下文不得而知了。

我曾幻想，假使张学良当年不忽发奇想，以道义为重，来个"摆队送天霸"，以后他的经历，肯定是大不一样了。别的不说，以他和傅的旧情，北平的和平解放，也许会更加顺利得多罢。

他们都出身旧营垒，虽然各自的经历大不相同，但在现代的历史上，肯定都会占应有的一页。

"永久黄"和范旭东

在我儿童时代，看到家中食用的盐，全是黄中带黑的粗粒的。后来，有小卷的精盐，细白如白糖，是"东洋货"，家庭视为珍品。牙粉也只有日本产的"金钢"牌，有时牙粉用完了，就用这种精盐来擦牙。

霹雳一声，五四运动掀起了抵制日货运动。说是"五分钟热度"，其实在全国的城乡，坚持了很多年。于是，牙粉则由家庭工业社的蝴蝶牌代替了金钢牌，久大的精盐一经问世，东洋货也从此绝迹。所以，在我中学时代，"久大"这两个字就已深印脑海。

一九二九年到天津工作，曾奉派去塘沽久大厂参观。当时，久大厂又成立了两个姊妹组织，永利制碱厂和黄海化学公司，一般统称为"永久黄"，不仅在国内新兴的化学工业中居于前列，也很引起了国际资本的注视。永利所生产的化肥，就成为卜内门肥田粉在中国推销的劲敌。那时候，我就听到，有人把天津传统的"三宝"换了，说："天津有三宝，永利、南开、大公报。"这三个"宝"，似乎是相互支持、互相吹捧的，至少，在我的印象里是如此。

以后，我才知道，"永久黄"的开辟者范旭东先生，是颇有一段艰苦斗争的历程的。他的哥哥是民初有名的教育家范源廉（静生）先生。他们是湖南人，从小就是孤儿。静生先生幼年就学于时务学堂，一度是梁任公的学生。戊戌后，赴日留学，节衣缩食，积蓄了一点钱，后回国参加唐才常起事，失败后，把兄弟也接到日本就学。哥哥学的是教育，弟弟学的是化工。从此，一个抱定"教育救国"的宏愿，一个定下"科学救国"的方针，都能终生不渝。

范静生虽然也曾任北洋政府的教育总长，但在政治上，并不盲从他的老师，谁都知道，他虽曾参加进步党，却与研究系无牵连。他一心办教育，晚年，一手促成了把北高师改成大学，他是全国第一所师范大学的第一任校长。我进师大时，他刚因抗议北洋政府拖欠教育经费愤而辞职。校园内还有学生会为他竖立的纪念碑。

旭东创办久大，最初集资不到万元，后来，得到金城银行周作民的支持，又有卓越的化工工程师侯德榜的全力合作，才逐步战胜困难，日益巩固、发展。抗日战争前，他们已在南京对江筹建了规模更大的化工厂。七七事变后，敌人曾以"合作"为诱（名义上，日方只占资本总额的百分之四十九），他们坚决拒绝，毅然把塘沽厂拆迁到四川。

我是一九四一年十二月在香港和旭东认识的。太平洋大战爆发时，胡政之适由桂林到香港，受周作民的招待，避难于德辅道金城银行大楼；我去看他时，同室有一位五十多岁瘦瘦的老人，经政之先生介绍，他就是范先生。据说，为了永利战后的发展，他同侯德榜到美国去订购机器。合同签订后，要求参观该化工厂生产全过程，该厂震于侯德榜之名，而不知范也是化工专家，只允接待范一个人。侯先生本来极朴素，乃改扮成范的侍役，夹着皮包随同参观，事毕后，两人分头把参观所得，详加笔录。因侯先生另有勾当，范先回国，约定在香港会面，核对笔记，共同草批今后发展计划。想不到范到香港的第三天，就发生了"一二·八"事变。

有一天，日寇疯狂炮击香港，彻夜不停。第二天清晨，我去金城银行慰问他们，看到金城大楼弹痕斑斑，而旭东先生神色泰然。他告诉我："昨天夜里，我听了一夜炮弹声，细细考察它的爆炸力，觉得日本的化工力量，不过尔尔；我们只要努力，是完全能够赶上并超过它的。"我听了，不禁在内心肃然起敬。在炮火纷飞、不少人惶惶不可终日的时候，他不考虑个人安危，而念念不忘民族的生存、发展，多么高贵的品质啊！我当时这么想。

九龙沦陷，香港孤岛危在旦夕，《大公报》与若干同业约齐，同日停刊。我写了一篇《暂别香港读者》，主要内容是与读者共勉，在敌寇的任何诱胁下，保持民族气节，坚决斗争，决不屈服，使不久将来彼此再见时，不内愧，不脸红耳赤。最后，我还引了文天祥《过零丁洋》的诗句"人生自古谁无死，留取丹心照汗青"作为结语。第二天，我去看范先生，他很称许此文，并很有感慨地说："一个国家能否站起来，不决定于政府，而决定于能否在各方面建立'柱石'。

比如，你能办好一张真正明辨是非、为人民说话的报纸，就在新闻界立了一根柱子；我能够办好一个为国际上公认的现代化工企业，就在化工界立下一根柱子，这样的柱子多了，上面建造国家的大厦就有了坚实的基础了，我们今后互勉罢。"他这番话，当然还出于"科学救国"的一贯思想，今天想来，有其正确的成分，但也说明了他当时对国民党政府的失望和蔑视。我当时是很受鼓励的。

香港沦陷不久，日国报道部对我们一再威胁利诱，要我们复刊《大公报》，并派特务监视我们。那时，胡政之已化装逃离香港，我去访问范先生问计。他恳切地勉励我说："铸成兄，我们先要树立信心。日本派到香港来的，至多是他们的三四流人物，而我们，则是一二流人物，凭我们的聪明才智，相信你是一定能斗得过他们的。希望你能早日脱险，我们在国内再见。"我受此鼓励，终于设计摆脱敌人，化装成难民，逃离了香港。

范先生不久也逃出虎口，到了重庆。他为了购买机器，向美、加接洽贷款，外商要中国财政部担保，宋子文却乘机企图控制永利，否则拒不盖章，范先生坚决拒绝。抗战胜利后不久，他在重庆逝世，我对这位爱国主义的实业家，曾在上海《文汇报》撰文悼念。

初游香港

　　一九三〇年夏秋之际，在河南、山东一带爆发的蒋、冯、阎大战，是辛亥以来规模最大、历时最久、死伤最重的一次军阀混战。蒋介石主要依靠"内交"攻势，引诱张学良出兵平津，威胁冯、阎的后方，才勉强取得了胜利。蒋被"胜利"冲昏了头脑，以为"天下莫予毒也矣"，想制造约法，粉饰太平，实现大统一的迷梦。胡汉民反对搞约法，认为这是破坏了原定的"三步走"的"建国"部署，曾拍桌相争。蒋最后使出了"撒手锏"，把胡囚禁于汤山。

　　这一着，不仅使与胡关系密切的"元老"如古应芬、邓泽如等不胜愤慨，而且激起了一大批曾追随蒋而并非死党的文武大员们的愤愤不平。因为从一九二七年四月南京国民政府成立后，胡一直对蒋忠心耿耿，落得如此下场，不能不使这些人心寒齿冷，而兴兔死狐悲之感。

　　于是，一九三一年五月，广东掀起了新的反蒋高潮，组织"非常会议"，成立"国民政府"，和"宁国府"对抗。为了采访这个头等的政治新闻，我奉派于五月下旬南下赴沪，经香港前往广州。

在此以前，我不仅从未到过港、粤，就是上海，也只在五年前投考清华时到过一次（那年清华分北京、上海两地招考新生，上海考场在南洋公学），人地生疏，语言不通，对我来说，此行的困难是不少的。

离津南下，适与吴鼎昌同车，他给我写信介绍港穗两地的盐业银行分行经理。到上海后，又由李子宽兄转请《申报》一位姓邝的编辑，函介香港的同业。

在上海勾留了三天，就买舟南下。想不到在沪港途中，发生了一个插曲，颇带有传奇性。

坐的是"皇后轮"三等舱，当天午饭后，在甲板上闲坐看报，忽然，从邻座飘来了一阵乡音，我连忙回头打量，只见一对颇为时髦的青年男女，正在娓娓清谈，有些内容，似乎很不该让人听到的。但那时，沪港途中，"外江"的旅客极少，大概他们以为讲一口纯粹的宜兴土话，是最"保险"的了。岂知"一滴油刚落在钱眼里"，偏偏和我这个同乡狭路相逢。

我忙上前自我介绍，他们始而惊讶，继而也高兴地说出了姓名。原来这位女士的母家，和我的老家只有一巷之隔，我在小学读书时，对她也是颇为闻名的。

这两位同乡很热心，听说我是初次南游，就教了我不少应用的广东话，如"一二三四""这个""那个""这里""哪里"等等，同时，在闲谈中也透露了他们的经历。

我们家乡的青年，似乎很早就颇有反对封建婚姻的勇气，卓越的画家徐悲鸿先生，就和蒋女士双双逃离家庭，在外面结了婚。蒋家是世家大族，蒋女士又早由父母订了婚约，于是家中就宣扬蒋女士暴亡，还表演了大出丧。这是我儿时熟知亲见的。而这对青年夫妇，也是在三年以前，双双逃往南洋，在山打根执教。此次回国，也没有敢回乡，只在无锡函约婆母来相会，把周岁的婴儿托给老人抚养，就匆匆回程。

我们到了香港，看到国产第一部有声影片《歌女红牡丹》正在高升戏院首次上映。我忙去订了一个包厢，请他们贤伉俪观赏。主角胡蝶，正当她的黄金时代，号召力不少。但她的歌喉并不高明，加上所谓"有声"，其实还是留声机配音的，因此，往往有"言行不符"之处。而我请的这位女客，却一面看，一面擦眼泪，终于不断抽泣起来。回旅馆后，她的丈夫再三向我解释，说红牡丹的遭遇，引起了她的身世之感，遂不免悲从中来云。

过了两天，他们就乘"荷印"的邮船，继续登程。

我到香港后，寄住先施公司附设的东亚大酒店，当天去拜访了盐业银行的倪经理。他请我在金龙酒家吃饭，然后，陪我驱车游了浅水湾、山顶缆车，并略略参观了市容。

当时香港给我第一个印象是幽静，即使是最热闹的闹市德辅道，也没有一点"闹"的感觉。汽车不多，行人也一点没有上海南京路那样拥挤。德辅道差不多一色是四层楼房子，店铺里出出进进的顾客也不多。从德辅道往上去过了一小段斜坡，就是一条高高低低比较狭的马路，两旁似乎没有什么高楼大厦，甚至较像样的大一些的商店也没有。记得一天清晨，我在这条狭马路上巡礼，曾在一家一间门面的甜食店里吃了两块水晶糕，一盅绿豆沙。这铺子对面有一个卖王老吉凉茶的摊头。我对香港，没有一点变迁、沿革的知识，不知道当时巡礼过的这条宁静悠然的马路，是否就是后来的繁华中心皇后大道中？一九三九年我再度来港时，大道中已经大楼比栉，而且行驶了公共汽车了。前几个月，上海电视台放映一部纪录片，介绍港九过海隧道的工程，看到香港一面，尽是参天的大厦。随着时光的流驶，她的变化有多大啊！

第二个印象是，那时港九市区的面积不大。九龙只有尖沙咀的一角有些商店，香港则过了汇丰银行，似乎就只有断断续续的居住点和市落了。那时的浅水湾和山顶，没有给我留下深刻的印象，现在回忆起来，浅水湾是一片沙滩，错落着不多的帐篷和一两个临时性建筑，似乎还没有后来所看到的浅水湾酒店。至于山顶缆车，后来的变化不大，只是那时要隔半小时才开一次车，还往往乘客寥寥。我是第一次尝试，是十足的"大乡里"，倒坐着升降，心里着实有些惴惴不安。

那次游港，还有一个"遭遇"，迄今深深地留在记忆里。我带着《申报》邝编辑的介绍信，去德辅道一家报馆，访问姓关的总编辑。宾主互通姓名，刚落座准备讲话，忽然噼拍声轰然大起，窗外硝烟弥漫，纸花四舞。我随着主人凭栏一看，原来对面正有一家商号在开张大吉，从四层楼顶，垂下两串鞭炮，一直垂到底层，火花正在缓缓地上升。我和这位主人，足足有半小时相对无言。

那位总编先生，热心地为我写信介绍他在广州的一位朋友，说是一家通信社的社长，是广州交游最广、消息最为灵通的新闻记者。几天以后，我在广州的一条偏僻的马路上，果然找到了这个通信社，是设在三楼的一间统楼里面。接待我的是一位四十多岁干瘦的人，烟容满面。有两个年轻人正在写稿，抄写蜡纸。不久，又来了一位年轻记者，向这位社长报告了一些消息，然后到一边去写稿。这位社长先生在他的办公桌前接待我谈话，一面还手不停挥地开写信封，并指着他已写好的一叠稿子说："这些，都要赶在四时以前发出去，否则，明天就登不出来了。"我看他开写的信封，不下七八个，几乎把香港的几家报纸都包罗进去了。我不愿多耽搁他宝贵的时间，寒暄了一阵，就欣然告辞。在回寄居地的途中，一直为一个疑团苦思，难以索解。我在香港这几天，曾细心浏览当地各报，看到它们的态度是截然不同的，特别是对于广州的新局面，有的喝彩，有的怀疑，有的冷眼旁观，有的则把它骂得狗血喷头。这位名记者，怎么能同时为这些形形色色的报纸写稿的呢？

第二天下午，我连忙买齐了刚到的港报，一一详细拜读它们的广州特约通信，发现基本的"新闻"都是那么一点点，而用各色"滤色镜"，洒满各种不同的油彩，如此而已。这位名记者真是名不虚传，我心中不禁"肃然起敬"。

三十年代的广州之夜

由香港晚上搭轮船，第二天清晨便到了广州。

初夏的香港，天朗气爽，入夜更凉风习习。广州则潮湿、闷热，夜间饕蚊成群。两地相距不远，想不到自然条件如此悬殊。

由于吴鼎昌的介绍，我寄住在西堤二马路盐业银行的宿舍里。经理是北方人，十分好客，招待我下榻很幽静背阴的客房里，备有珠纱蚊帐。即使这样，我还常常为苦热和"漏网"的蚊子所困扰，不能安眠。我在广州共住了两个月，中间曾两度于周末乘夜航轮赴港，舒坦地住了两晚，再回广州。

西堤大马路当时有一座大新百货公司大楼，是当时最高的建筑。我常常于夜间花"两毫子"门票，到它的屋顶游艺场纳凉，欣赏听不懂的粤剧，也看了一些魔术、歌舞之类。记得有一个奇异的表演，在一个一尺多平方的玻璃匣里，装着用细铜丝扎的小车、摇椅等等，看这些东西在缓缓移动；

给卖艺者几个铜元，他给一个放大镜，定神在灯光下细看，果然看到有几个养得肥壮的跳蚤，的确在推着车子走。真可说是想入非非的玩意，当时报刊曾大事宣传。

这位经理，隔几天就招待我到他家里吃北方的面食，每星期至少有一次陪我到名胜古迹游赏，乘船游荔枝湾，驱车凭吊黄花岗和五层楼。有一个星期天，适逢端阳节，他请我在银行公会顶楼吃饭。

饭后，凭栏看龙舟竞渡。大约在二时左右，从海珠桥方面驶来了四五条龙船，每船漆一种颜色，划船手在锣鼓声的指挥下，奋力游划，他们的衣服，也和船一样颜色。在两岸环堵观众欢呼助威声中，如几支五色利箭，脱弦前进。这是我生平第一次看到这种竞渡的场面；过去，只在画报上看到过照片。

这位经理先生，也曾陪我过江去河南观光。看到马路两旁，有不少装潢富丽的房子，门口悬挂着扁圆的玻璃灯罩，写着某某茶室、某某谈话厅等字样，里面也灯火辉煌。据这位经理告诉我，这些，有的是赌场，有的是烟馆。他说，河南一直是李福林的防区，从龙济光、陈炯明、杨希闵乃至后来的蒋介石、陈济棠先后控制广州，而河南始终在李的土著军队盘踞之下，形成了一个特别区，截留一切税款，并公开废除烟禁、赌禁，妓寨也到处公开。

珠江以南，似乎找不到公开的赌窟、烟馆，但是噼噼拍拍的麻将牌声，到处可闻。当时还盛行一种"联榜"，上面印着几十句似通不通五言诗句，共二百多字，两毫子一条，街头巷尾的小店里都代售，在这上面随便圈十个字，投入特设的匣子里。大约半个月就开一"榜",公布已摇出的十个字,圈中的字最多的就"中"了头奖。听说,如果"中"头奖的只有一个人,可得"彩金"几千元。因为它手续简便,而所费只有两毫,所以生意兴隆,劳苦大众上钩受害者尤众。

　　盐业银行大门口有一个老婆子,经常坐在那里代人缝补衣服。一个行员告诉我,她也曾一度变成富人,后来又一贫如洗了。原来,她早年被人遗弃,又嫁了人。她常常节衣节食,买了"联榜",请人代圈好送去。有一次,忽然"吉星高照",中了头奖,得两千多元。于是,前夫就声明和她并未正式离异,要把她接回家,后夫自然不答应。为了她的"所有权"问题,前后夫打了几年官司,结果,把这两千多元全"打"光了。她依旧缝补为生。

　　这也可说是底层社会一个酸辛的插曲罢。

章行严谈他的一段旧事

一九〇三年发生的轰动中外的"苏报案",被租界当局逮捕的,除章太炎、邹容外,还有钱宝仁、龙泽厚(积之)、程吉甫等四人。当时,《苏报》的主编章士钊反逍遥法外。据章后来写的《苏报案始末记叙》,则因"当时查办大员江苏候补道陆师学堂总办俞先生明震……故意纵之"。(俞也是鲁迅在南京路矿学堂时的老师。曾任国民党政府国防部长的俞大维和曾演《少奶奶的扇子》的俞珊小姐,是他的后辈。)这一案,章太炎被处徒刑三年,邹容被判两年(一九〇五年初瘐死"西牢"中)。龙积之也曾关禁了几个月,程吉甫等三人则当庭就被释放。

章太炎一九〇六年释放抵东京后,曾撰文(《与吴稚晖谈苏报案书》)痛责吴稚晖出卖、告密的罪行。吴曾曲加辩解。章氏逝世后,吴于一九四三年在重庆写了一篇《上海苏报案纪事》反而丑诋章氏,多方为自己开脱;他以为已"死无对证"，可以仗着他"党国元老"的地位，信口涂改历史了。（鲁迅在逝世前写的《因太炎先生而想起的二三事》中说，太炎在手定的《章氏丛书》中，删去与吴稚晖笔战的文章。鲁迅认为："但由我看来，其实是吃亏上当的。此种醇风，正使物能遁形，贻患千古。"）可见鲁迅早就看到了吴稚晖的肺腑！

在他这篇文章中，也曾提到龙积之，说："龙积之桂林人，……后为焦易堂岳父，今尚健在，年八十四，住桂林。"

事有凑巧，就在那一年（一九四三年），我曾和龙见了一次面。他虽已银髯飘胸，精神的确还很健朗。

那年，章行严到广西游桂林山水。大概是为叙谈四十年前的旧交罢，龙老特在最大的桂林馆子设盛席款宴。我因桂林中学的朱荫龙先生之介，也被邀作陪。

老实说，我当时对章并不存什么敬意，主要是因为看过不少鲁迅对他嬉笑怒骂的文章。其次，在上海沦陷前，就知道他是出入杜月笙之门的清客。

所以，席间除寒暄外，只是闷头饮酒，并默默听他和主人谈旧。

一九四九年四月，我和柳亚子、陈叔通、叶圣陶、宋云彬、郑振铎这批刚从香港到京不久的民主人士，被招待住在六国饭店（当时还未改名）二楼。不久，听说南京方面派出的和谈代表团来了，有张治中、邵力子、章士钊等人和他们的秘书，都住在三楼。

有一天，宋云彬兄来邀我："我们一起上楼去看看章行严好不好？"我说："我和他只有一面之缘，没什么可谈的。"

于是，他一个人上楼去了。

第二天，他对我说："你昨天不去真可惜，我听到了一段极其珍贵的史实。"接着，他就原原本本对我转述了章的谈话。

原来，在此以前，章曾作为上海各界的代表之一，到北京奔走"和平"，毛泽东在石家庄接见了他们。在谈话中间，毛泽东忽然对章说："行严先生，我们是老相识，你还记得么？"章听了一怔，怎么样也想不起何时曾见过面。毛泽东笑着说："一九一八年，有两个青年到上海去拜访你，你还帮助了他们。你还记得么？其中一人就是我。"章听了恍然大悟，连忙说："记得，记得，有过这回事。"

章行严对云彬详谈这一件往事说："一九一八年时，赵恒惕任湖南督军，正在提倡联省自治，他怕旅外的湖南人反对他，划给我一大笔款子，请我相机'应酬'在沪的同乡。有一天，有两个青年，拿着杨怀中（昌济，杨开慧的父亲，是毛泽东在湖南第一师范的老师。那时在北大任教）先生的介绍信来见我，说这两位是他的得意门生，想筹集赴法勤工俭学的旅费，请予协助。怀中是我的老朋友，我看这两位青年又十分优秀，就在赵的款子中拨给了他们一笔钱。时过境迁，我早把这事忘了。想不到其中一位就是毛泽东，而另一位，听说就是蔡和森烈士。"

无意中为中共做了一件大好事，而自己茫无所知，这可算是个典型事例罢。

但是，毛泽东说：只要为人民做过好事的，人民决不会忘记他。解放后，章氏一直受到礼遇，这可能是原因之一。

"九一八"事变

    上了点年纪的中国人，都不会忘记我们民族所走过的崎岖道路。

    我从上私塾的时候起，就听惯了鸦片战争、中法战争、八国联军这一连串的屈辱史，而震惊于"瓜分""蚕食"等可怕的字眼。在小学高班时，传来了"五九""二十一条"，不久，爆发了五四运动，在我们这个小县城，也到处看到用硝镪水写的"毋忘国耻！""誓死抵制日货！"等标语。在上海、南京等地上大学、中学的学生，那年暑假回来，还特地成立了"旅外学生会"，在城隍庙的戏台上，演出了《印度亡国恨》和《安重根刺杀伊藤博文》等使人惊心动魄的话剧——那时叫"文明戏"。

    后来，在旧社会做了二十多年新闻工作，一年到头，写不完纪念国耻的文章。

    记忆犹新的是"九一八"事件及以后日益深重的国难。

一九三一年初，东北的空气就越来越紧张，"中村事件"（日本一个特务失踪）和"万宝山事件"（日方大规模残杀旅朝华侨）等交涉已引进了死胡同，但谁都没有想到，日本军阀早已定下了灭亡中国的阴谋而且磨刀霍霍，准备动手了。

九月十八日早晨，我起身打开《大公报》，看见要闻版下角，有一小块加框的"最后消息"，大意说：据北宁路（今京沈路）局接沈阳电话，今天凌晨，北大营方面日军出动，枪炮声大作，迄未停止，居民极为恐慌云云。遍翻平津其他各报，则只字未有此消息。下午赴报社，才知道这个"独家新闻"，是一位姓汪的记者从北宁路局长高纪毅那里听到的。那位记者，那天就一直守在北宁路局，不断用电话传来消息：沈阳已被占领，守军几万人，奉命不抵抗，撤出市区。沈阳车站的职工也已撤出，新民屯以东，交通已中断。听了最令人迷惑不解的是，张作霖父子多年耗费了大量金钱人力所经营的国内最新式的兵工厂，也完整地拱手让日寇接收了；几千门崭新的大炮以及其他武器弹药，还有新从德、意等国购进的军用飞机数十架和尚未开箱的配件，也被日寇刀不血刃而掳获了！

以后，全国各报每天的头版头条新闻，当然一直是有关敌军扩大侵略的消息，而中国当局，则一直坚决不还手，不抵抗。几天之内，日军侵占了锦州以东大半个辽宁省，不抵抗；接着，日军又向吉林、黑龙江两省伸出魔爪，不久就占领了长春、哈尔滨以及其他重要市镇，还是不抵抗。而赵欣伯、熙洽、张景惠、翟文选等汉奸在东北各地猖獗活动，所谓维持会，先后登场。

眼看大好河山陷于贼手，中国人民真是怒火中烧，切齿痛骂张学良的不抵抗。其实，当时坚持不抵抗的，是蒋介石，他下令东北各军"不准抵抗，听候国联制裁"。那时，张学良正患伤寒，卧病协和医院，北平军分会由办公厅主任荣臻负责主持日常事务，一切听命于蒋。张当然也有责任，但至多只能算是"从犯"罢。至于"赵四风流朱五狂，翩翩蝴蝶正当行"，胡蝶则在不久向报界发表谈话，说她在平期间，并未参加过官方宴会，更从未和张副司令见过面云。

　　"九一八"北大营的炮声，标志着中国历史的新页。

汉口的水和热

在培养新闻界人才方面,《大公报》可以说是一个"科班"。解放以前,从这个"科班"出身的,该不下于"燕京"和"复旦"的新闻系罢。早期,它有一套培训的制度,叫"内外互调"。初参加的年轻干部,先做一个时期外勤记者,然后调任助理编辑或不重要版面的编辑;过了三四年,再调到几个大城市当特派记者。最后,才调回编辑部当要闻版等主要编辑。

我认为,这套办法有其优点,总的说来,是让一些采访经验的人当编辑,能够比较了解情况,不致闭门编报,又略知采访的甘苦,处理新闻可以慎重些。而经过一段编辑生活再出去当记者,就能比较清楚从哪些方面去采访,报馆需要哪些新闻。

在"九一八"事变后不久,发生了天津事件,《大公报》由日租界搬到法租界新址,我在前面已谈过了。那年年底,胡政之就派我去汉口当特派记者。在此以前,《大公报》只有南京、北平、上海三个办事处,我去汉口,也成立了办事处,成为四大办事处之一。我名为办事处主任,实际还是单干。另外,请陶菊隐先生担任特约记者。他是新闻界前辈,民国初年就在长沙当记者,曾参加过驱张(敬尧,湖南的督军)运动,长期为上海《新闻报》写稿。蒋百里曾把他与张季鸾并提,称为"北张南陶"。后来,他写的《北洋军阀统治时期史话》,迄今仍为这方面的权威著作。

一九三○年,长江一带曾发生大水灾,湖北、安徽等省,沿江的农村被冲刷的不可胜计,淹毙农民达三百万以上,这是一笔血泪账!我到汉口时,看到街道两旁的高处,都有大字写的路标:"船靠右行"(当时,国内马路交通车行靠右,抗战胜利后才改为"左倾"的)。我初看了有些怀疑:莫非湖北话是把车叫作船的?后来,看到所有大街小巷,墙壁上都有六七尺高的水印,才恍然大悟。

据当地的朋友告诉我,武汉当局每年向市民征收巨额的堤防捐,而沿江堤防以及市区背面的张公堤(张之洞做两湖总督时所修)却年久失修,长江和汉水上游洪水涌到,汉口即成泽国。一九三○年洪水冲进市区,一般里弄居民,都仓皇搬上二楼,窗口变成通道,"划子"成为市内的主要交通工具。汉口成为中国的威尼斯,达四五个月之久。

我最初租用作为办事处的房子,也是二层楼,遵照友人的建议,办公和住房都设在二楼,楼下只作为吃饭及杂用之地。因为墙壁经长期水泡,湿气极重,不仅衣服容易发霉,家具也易遭霉烂。一些贫民区里,患水肿和烂腿病的,随处可见。

生活上最不习惯的是热，谁都知道，武汉是中国的三大"火炉"之一，进入夏季，温度就长期停留在摄氏四十度以上，而且入夜也毫无凉意。居民大都在屋脊上放个竹榻过夜，报馆编辑部也搬到屋顶办公。

经朋友的劝告，把房间的门窗都关严，经常买一大块冰，放在电扇前面，这样，才免于被窗外的炎热冲击，人造的风才有些凉意。

那年夏天，我的母亲和刚满两岁的大儿子，先后得了恶性感冒转为恶性疟疾，诊疗、抢救历时两月，使我十分狼狈。

以后，到别的地方工作，每提到汉口，总有谈"热"色变之感。但这个经历还是宝贵的。抗战期间，桂林沦陷后，曾到重庆过了一个夏天，同事们都为山城的炎暑所苦，我却坦然处之。去年（一九七七年），上海经历了据说是四十多年来第一个暴热之夏。我也没有特别感到受不了，因为比之武汉，毕竟还有"大巫""小巫"之别。

"非常会议"点滴

一九三一年五月在广州开张的"非常会议"（正名是"中国国民党中央执监委员会非常会议"）政府，可以说是前一年在北平举行的"扩大会议"的翻版。"扩大会议"以"老西儿"阎锡山为主角，集合了从改组派到西山会议派各派政客党棍于一堂，加上以冯玉祥为主力的各方面的反蒋杂牌军，成立了大杂烩的政府。"非常会议"则以当时号称"南天王"的陈济棠挂头牌，实力派中，只有桂系的李、白勉为配角。敲锣打鼓、拉胡琴的，除汪派、西山派外，新增加了一个"太子派"。而依然是一台杂凑的草台班。

孙科在南来参加前，还在上海串了一出戏。他离宁到沪，立即有蒋的"御用"元老吴稚晖、张继等昼夜劝他回宁。他放出空气，说已"打消辞意"，准备回京，于是"宁府"发行的各种公债大涨（因为这些公债都以"关余""盐余"为担保，粤府开张，势必接收南方的海关、盐署，公债的担保就要打折扣）；哪知他一面在楼上客厅里敷衍吴稚晖等，一面在后门准备了汽车，偷偷地上了南行的邮船。据说，在这一幕串戏过程中，他所控制的国华银行，在公债上发了大财，因此造了一座新的"国华大楼"。

我到广州后，曾访问他于葵园，他以"国府委员"兼任财政部长，其实，一切财政都操在陈济棠之手，他不过伴食、盖章而已。而在我采访的诸"要人"中，以他的态度最为激昂慷慨，诉说蒋如何独裁、残暴，如何目无党国，如何一贯耍流氓手段。总之，几乎把蒋介石的祖宗十八代都骂尽了。骂的可能也都是事实，可笑的是时隔不到一年，他就以"共赴国难"为名，乖乖地回到南京，当上行政院长，还应这个"流氓"之召，赴杭州举行什么"烟霞洞会议"；从此，正像李任潮所比喻的，一直当了蒋的"上炕老妈子"，直到一同被扫出大陆为止。

汪精卫当然比他更无耻，是"身在汉营心在曹"，当他在广州口念反蒋经的时候，就已通过宋子文和蒋勾搭，暗中讨价还价；以后，还在上海"大世界"（一向是"野鸡"出没的地方）召开他的"代表会议"，产生了贻笑中外的"大世界中委"，以后就到"宁国府"做了"王熙凤"。更不用说他后来做了不折不扣的大汉奸了。

当时，李宗仁的态度最为深藏不露，找他谈话，总是吞吞吐吐，不着边际，而每次公开的会议，他总是谨陪末座，甘当配角。而且他一直留在广州，表示坚决支持陈济棠。这是因为从蒋桂战争后，他一直被围困在广西一隅，此时他的目的，只是向粤方接济一些"协饷"而已。

西山会议派只有邹鲁较为活跃，一年前，我在太原、北平曾会见过他，算是老相识了。他这次特别约我到盐运西街他的寓所晤谈（听说，辛亥后他曾任广东财政厅长，所以一直占据着以盐务公款建造的一座洋房，作为他的私宅），谈的也无非是一些门面话，一点新闻价值也没有。

这些各种色彩的政客，虽然挂着"中常委""府委"和什么部长的头衔，其实都只是伴食和做点缀品而已。所有粤府的实权，都紧紧抓在陈济棠的嫡系亲信之手，而真正操粤府灵魂的，据说只有两个人，一是陈的夫人莫秀英，一是陈的哥哥陈维周。前者因为"相夫有命"，所以陈对她言听计从，而她招权纳贿，无所不为；后者则"相人有术"，陈的一切大计，都取决于他的占卜。所有这些，对老广东说来，都是记忆犹新的旧闻，不必多谈了。

"特税"世界

　　解放前的一百多年，中国人民一直受着鸦片的毒害。始而从印度进口，进而自种自销，由官府在全国特别在西南各省强迫种植罂粟，流毒各地。最后是日寇在武装侵略的同时，大量制造和运销红丸、白粉和吗啡。双管齐下，企图灭绝中华民族。

　　幼年我在故乡时，曾听说城里有烟馆，但从未看到过，大抵是偷偷开设的。中学时代看清末以来的小说，描绘十里洋场有"燕子窝""花烟间"；后来到了上海，也没有找见过。一九三一年在广州的河南，才开了眼界；想不到第二年到了武汉，所看到的一片乌烟瘴气，更十倍于广州。

　　"宁国府"成立后，蒋介石一意排除异己，连年进行军阀混战，同时，无限扩充军队，搞得民穷财尽，靠借债度日。为了"广辟财源"，他竟实行鸦片公卖的政策——强迫种植，公开运输，公开销售。

当时的武汉三镇，可以说整个笼罩在一片"烟"雾之中。

两湖特税处是当时武汉最阔的衙门，处长李基鸿是最显赫一时的大官。还有汉口缉私处，是武装保护鸦片运输的机关，由军统大特务控制。此外，还有一个特商公会，则是一个推销鸦片商人的同业组织。这三大机关、团体，实际上是武汉三镇的最高权威，操纵全市的命脉，制造武汉的表面繁荣。

无论大街小巷，都会闻到一股扑鼻的烟味。特别是闹市区如交通路、前花楼、后花楼等地，更是大小烟馆林立，有的是三四层的大楼，金字招牌，入夜灯火辉煌。其规模和气派，远远超过广州河南我所见过的。据汉口的朋友说，武汉的烟馆，实际上已部分代替了茶馆、酒楼乃至旅馆的地位。这些大的烟馆，辟有大的房间，可供商人们谈叙、联欢、谈生意经，成交买卖。有些富商大贾，还在里面包定专用房间，除随时有点心供应外，还可以向著名饭店叫来酒席，甚至可以征歌逐妓，无所不为。

当时，武汉人民提起水、烟、蝗三大害，莫不痛心疾首，谈虎色变。水、烟之害，已如上述，蝗害是什么呢？不是蝗虫，而是像蝗虫一样到处成群结队吵架滋事的黄埔毕业生。原来，当时蒋介石利用黄埔军校，培养爪牙、死党，除把大部分分派到军队中充当各级军官外，对于那些闲散的，由军统控制，把一部分派到武汉，在特税处或缉私处挂个名，每人给以优薪厚俸。这些"蝗虫"，经常在大街寻衅打架，在酒楼呼幺喝六，在歌场、妓院争风吃醋，搞得武汉三镇七处冒火，八处生烟。而这些"蝗虫"的滋生地，就在鸦片烟上。

武汉那时还到处可以看到某军、某师驻汉办事处的招牌。这些军、师，大抵是川、湘、鄂、豫各地的杂牌部队。办事处的设立，大概是为了和蒋介石的"弄蛇叫化子"何成濬取得联系，接受"领导"。此外，据说也是为了照料他们防区里运出的烟土，并向特税区分肥税款。

武汉附近几个县，在水灾之后，民不聊生，街头卖儿卖女，市上乞丐成群，过江渡船上投水自杀的，我目击不止一次。在这情况下，武汉的高楼大厦，歌舞彻夜，饭馆旅舍，酒绿灯红，这种景象，大都是鸦片造成的虚假繁荣。

报业大观

旧中国新闻界的五花八门，没有比三十年代初期的武汉更为洋洋大观了。报纸大约不下四五十家，其中有历史最久的《汉口新闻报》，其格式、版面、文风，还保持二十世纪初期上海《新闻报》的传统，看了真可令读者"发思古之幽情"。有国民党的机关报《武汉日报》，似乎比南京的《中央日报》更加剑拔弩张；有黄埔系主办的《汉口新民报》（与南京《新民报》并非一家），这个报纸，后来扩大而披上了"扫荡"的戎装；还有其他形形色色的报纸，而十之八九，都带有各自的背景，有属于省政府、汉口市政府、武汉警备司令部的，也有代表某一军、某一师的，甚至还有专门为特税处宣传的。也有如上海《晶报》《罗宾汉》这样的小报，而品格更加下流。比较认真的，反而是专门谈戏的《戏剧报》。

通信社之多，在全国各地，也堪称首屈一指。除国民党的中央社武汉分社外，还有警备部的"导群通信社"等等，总数也不下几十家，有的每天只发一张稿纸，有的几天发一次稿，有的则干脆长期"引而不发"。

当时武汉居民号称一百三十万，在连年的天灾人祸下，救死不遑，哪有这么多人去看报呢？《武汉日报》以党报的铁招牌，销数不过五千份，其他，上千份的就算是大报、畅销报了。有一家报馆的社长兼经理，每天清晨把一块包袱包着几十份报纸，亲自送到后花楼去（当时汉口报贩集中的地方，如上海的望平街）。这还不算奇闻，还有两家设在一所房子里的报纸，内容完全相同，报头却是各异。这类报纸，是否有必要送往后花楼发行，就不得而知了。

为什么那时武汉三镇的新闻事业如此发达？揭开谜底，也并不稀奇。原来，特税处和特业公会，对所有报馆、通信社，按等每月分送津贴，对记者也分等分级致送"车马费"。还有几个大的驻军办事处，也对报馆、通信社和记者给以变相的津贴。听说有一个中央社记者，除在特税处和特业公会领取头等"车马费"外，还在十几个办事处挂着咨议的头衔，每月收入总数超过两千元，娶了三个小老婆，成立了四个堂而皇之的"公馆"，其阔绰的程度，比之当年的邵飘萍，恐怕也远远超过了。这当然只是极少数个别的例子。

另一方面，也有例子可举：有一天，我同母亲和妻儿在歆生路"普海春"吃午饭，它是当时武汉最大的西餐馆；我们房间隔壁是一间大厅，正有某局长在招待新闻界，三条长桌挤得满满的，不下一二百人。我在帘缝中看去，只见主人正在报告他的"德政"，而下面却"听者藐藐"，大声叫着添酒，狼吞虎咽地抢着吃喝。等我们吃完出去时，招待会已散了，"仆欧"正在收拾，有一个大约是"拿摩温"，正在嘟嚷着："又少了十几副刀叉，七八条围布！"还狠狠地补上一句："一群饿鬼，下流坏！"

过去，我曾听说过："新闻记者是文人的末路"，而这里所见的，其实是"文人"也谈不上的。听说，绝大多数报馆、通信社是从来不发薪水，也根本没有固定工资的。穷亲戚、朋友，给一个记者的名义，就可以去领一份起码的"车马费"，养家活口，反正报纸不一定出版，写不写稿，也就无足轻重了。

当年武汉新闻界这些怪现象，归根到底，也是国民党鸦片公卖的产物。

有鉴于此，我在汉口的四年中，始终坚持自己规定的"三不主义"：一、不跑机关；二、不参加任何招待会；三、不接受任何礼物。独行其是地进行采访。

谈《大光报》

三十年代初期，武汉有像样的报纸，恐怕要算从《大光报》开始。

我初到汉口，住在宏春里一幢一楼一底的里弄房子，实在太小而不通风，不到一年就搬到特三区三教街的一家医院的楼上，有一大间客厅兼书房，三间不大的住房，相当宽敞。大约又住了一年多，《大公报》叫我兼办分馆，并设立寄售书刊、接收广告的代办部。因此，又搬到了金城里，二楼作为办事处和我的寓所，底层铺面作为分馆和代办部。职工增为七八人。

大约在一九三三年下半年，有一位素不相识的人来看我，交给我一封胡政之先生的介绍信。内容大意说："兹介绍赵惜梦兄访晤。赵兄拟在汉办报，希尽力协助。"赵自我介绍，他原在哈尔滨任《国际协报》的经理，兼任国闻通信社哈尔滨分社主任。"九一八"事变后，《国际协报》还苦撑了一个时期，后来，日军势力全部控制了哈尔滨，该报乃宣告停刊，并将全部职工撤至关内，准备在汉口办一报纸。

既然是胡来信嘱托，帮忙当然义不容辞。而且，我在天津时，每天翻阅全国报纸，对《国际协报》也颇有好感，认为它是东北地区最有生气的报纸。

我们先选择馆址，最后，赵租定了汉润里两幢三楼三底的房子。因为它和金城里隔马路相邻，便于我经常去"协助"。他把一幢作为职工的宿舍，一幢则为馆址。

不久，全部人马都来了。看来，角色相当整齐。以编副刊的人选来说，有一位编娱乐性副刊的；还有一位编文艺副刊的，那就是孔罗荪兄，那时大约还不过二十多岁，新婚不久；在《大光报》中，只有他一直和我维持着友谊，他的夫人周女士，还和我同事了几年，现在都已是六十五岁上下的老人了。总编辑叫王星岷，人很风趣，谈吐不俗，颇有编辑经验。此外，还有一位叫朱晓芙的外勤，以后在抗战初期，和他有一次意外的接触。那时，我在上海《文汇报》主持编辑部，几乎天天受到来自敌伪的威胁。有一天，编辑部忽然闯进一个不速之客，不肯说出自己的姓名，指明要见我。传达室征求我的意见，我请他相见，原来是《大光报》的旧友。他很紧张地说，他在租界工部局警务处任职，"昨天，我在处长桌上，偷看到一张名单，是日本方面开给工部局的，说这批抗日分子，一定要限期驱逐出去，否则，日方说要直接对付。名单的第一名是陈鹤琴（当时任公共租界华人教育处处长），第二名就是你，希望你千万注意"。他说完，就匆匆地告辞走了。我感谢他的好意，但也没有考虑如何妥善地"注意"。日伪方面，果然接二连三来了极为卑鄙而险恶的威胁和谋害，详情等后面谈到孤岛奋斗时再谈罢。

话再拉回到《大光报》的创刊。从开始筹备到正式出版，我一直以顾问的名义，尽力协助赵、王二位。出版最初一个时期，不仅帮他们写社论，编要闻，还对外勤记者提供采访线索。报纸出版后，有些读者反映，编排、文风很像天津《大公报》，有的还来信询问两报的关系。这可能和我参与了编辑工作有关系。对我来说，这一个短时期的顾问工作，也取得了如何全面掌握报纸编辑的经验，这对我以后创刊《文汇报》等，是极为有益的。

由于编辑比较认真，所以《大光报》出版后，使武汉的读者有耳目一新之感，订阅者相当踊跃。不久，发行数就跃居武汉各报的前列。

畅销的另一个原因，是该报的军、政方面的新闻，往往有独家消息。那时，张学良已回国到汉任"副司令"。赵惜梦曾几次宴请司令部的秘书、参议之类的人物（其中有几个人后来曾参与策划西安扣蒋的一幕），请我作陪。从这些迹象，我怀疑该报和张有一定的关系。另一个迹象是胡政之的介绍。胡政之早年留学日本，是学法律的，回国后，曾先后在淮安和东北做了几年法官，然后从事新闻工作，所以，他和奉系的军政要人王永江、韩麟春等早有友谊，大概由于韩的介绍，和张氏父子都有一定交情。一九三〇年"扩大会议"政府在北平开张之际，蒋介石和阎、冯的代表麇集沈阳，竞相拉拢张学良，张那时确有举足轻重之势，而一直举棋不定。等到他决策出兵助蒋的时候，最早得到此消息的，就是亲自出马在沈采访的胡政之。那时，阎、冯在沈的代表贾景德和薛笃弼还蒙在鼓里，北平政府的一批要员，包括阎锡山和汪精卫（冯玉祥当时在河南前线督战），是看了《大公报》才匆忙收拾细软，狼狈逃往太原的。

胡政之是一向反对驻外记者旁骛的，而对于《大光报》的出版，却郑重介绍，要我尽力协助，我最初原以为赵惜梦曾在国闻社工作过的一点关系，后来，我才恍然这个想法未免太天真了。

听说《大光报》是抗战初期停刊的，馆址和设备转让给了准备创刊的《大公报》汉口版。

吴国桢及其故乡

从抗战末期到一九四九年"宁国府"冰消瓦解，吴国桢先后任国民党中宣部部长、外交部部长和上海特别市市长，俨然成为"党国要人"之一。

他是靠与宋美龄的留美同学关系发迹的。沿着这条裙带爬上去的，先后有黄仁霖、董显光等，但似乎都没有像吴爬得那么高，那么风云显赫。

三十年代初，他刚从美国回来，大概刚过二十五岁罢，就受"特达之知"，被任命为汉口市长（当时是普通市，受湖北省政府管辖），以后又转任湖北省民政厅长。那时，还流传这样一个故事：吴的父亲，正任某县县长，和其他被分批"召见"的县长们一样递手本，听新厅长的训话。这个故事，引起的社会反响不一，有的认为吴铁面无私，有的则认为他六亲不认，近于不合人情的做作。总之，大家认为他是做官的能手，估计他一定会步步高升的。

他在湖北做了几年官，初出茅庐，固然谈不上什么"德政"，也似乎没有听到他有特别恶劣的事迹，平平庸庸，八面玲珑。因此，后来颇受政学系巨头杨永泰、张群等的青睐，也受到 CC 系的党棍们的赞赏，这就为他以后平步青云铺下了道路。

他的家乡在恩施，是鄂西的首邑，当时却是十分鄙塞的地方，而且是湖北出产和运出鸦片的集中区之一，因此，吸烟也成为家常便饭，甚至劳苦人民也不能免此毒害。

我有一位北京师大的高班同学，当时任湖北教育厅的督学。有一次，他奉派去鄂西各县视察了个把月，回汉后对我谈此行的见闻。

他说：经济萧条，民不聊生，这是内地的一般现象，没什么好谈的；最触目惊心的是烟患已浸入社会的每一个角落。不论县城或乡镇、农村，上午九时前看不到一个人，没有下田的，也没有上街做买卖的。因为教师也普遍染上了瘾，小学校也要到九时以后才上课。

无论到哪里访友、会客，主人总是请你先上烟榻吞云吐雾，就像请吸一支香烟一样。

像恩施那样鄂西最大的城市，上午根本没有市集。有一位新到任的行政督察专员，想"励精图治"，特别挑选几个年轻力壮、看来烟毒还不深的差役，叫他们每晨九时，分别到大街小巷，一面鸣锣，一面高声喊叫："九点钟了，大家起床，做买卖的做买卖，娃儿们也该上学了。"但所得效果很小，整个城市，仍在黑甜乡中。

他还说，最使他感慨的，学校也不例外。恩施有一所省立中学，他上午十时去视察，大概早一天学校已接到通知了，所以，几间课堂居然已经在上课，而教师几乎个个鸠形鹄面，学生则强打起精神听课，却不时看到伸懒腰、打呵欠的。

后来，校长陪他参观学生宿舍，看到每个铺上，都盖上被单，似乎都还干净，但他发现被单上有不少烧焦的地方，忙把被单掀起一看，几乎每一个床铺下面，都放着一个吸鸦片的烟盘。校长很不好意思地向他解释，这是受社会影响，无可奈何，正在设法劝导、戒除云云。

我过去在山西，以及后来抗战时在贵州、四川，也听到不少类似的情况，但流毒之深而普遍，似乎都还不到鄂西这样的程度。这是百年来外国侵略和新旧军阀多年造成的恶果。由此可见，解放以后，山河整顿，寰宇澄清，是多么不容易！

记詹"法师"

　　天下事有非亲眼目睹而不敢相信的，我之于詹法师之"神术"，即其一例。

　　大约在一九三四年春，湖南建设厅首次试验木炭汽车成功，邀请全国工程技术人员及新闻界前往参观；我也应邀前往，想乘机一游长沙。

　　参观的日程告一段落，何键以地主之谊请客。备的是西餐，坐满了好几排长条桌。坐在何键旁边的，一面是美国驻汉口的总领事，一面却是一个老头儿，着一身粗布的衣服，十分土气。

　　酒过三巡后，何键起立谈了几句照例的欢迎词后，接着把手指一指旁边的老头儿说："我要向各位郑重介绍这位詹法师。他的确神通广大，我的眼皮下长了一个疮，疼痛入骨，什么电疗、紫外线都治过了，总不见好，中药也试过，又敷又服，也不见效。最近请了这位詹法师来，他动了一次手术，前后只花了十分钟，就完全治好了。几天来，我再也不痛了，是真正痊愈了。各位如有什么疑难杂症，或多年治不好的宿症，不妨请詹法师当场一试。"

我早就听说过，那些割据一方的军阀，都迷信、愚昧，喜欢豢养一些医卜星相，以求自己的权位高升，长生不老。如陈济棠重用他占卦星相的哥哥陈维周，以及刘湘遇事请教刘从云"刘神仙"之类。当时我心想，这个詹法师，必然也是这一流人物。准备当场看看他耍什么把戏，葫芦里究竟装的是什么药？

正在我寻思之际，坐在我隔壁的湖北建设厅的技正杨工程师站起身了。他是和我同来长沙的，车中曾交谈，知道他是无锡人，我们还攀了同乡。他当场说："我在法国留学时，曾去海滨游泳，一次扭伤了手臂，不能后屈，也不能上伸，多年来一直未治愈，拟请一试。"

何键听了说："可以，可以，一定能治好。"这位詹法师便离座而来。走近了，我才看清这人很朴质，看不出有什么江湖气，穿的那件长衫，是半新不旧的。

他手里拿着一个布包，我仔细看他解开，里面全是长短宽狭不等的小刀，不少还长着黄锈。他先拿了半杯冷开水，从怀中取出一小包药粉，用水调好叫杨服下，然后请杨祖露患臂，问清楚痛在哪里以后，就在布包里挑了一把刀，直戳进去，仿佛还搅了两下，立即拔出，他以一指按住伤口，以另一手拉住杨的手臂上下左右转动了几次。说一声："好了"，立即包好了布包，慢慢走回他的座位去了。我细看杨的手臂，进刀处只留下像小半寸红丝线模样的一条伤痕。

又过了几天，在长沙的参观、游览告一段落，我和这位杨工程师依然同车回汉。我问他治疗的效果究竟如何？他伸开双臂，愉快地转动说："的确是彻底治好了，再也不痛了。"

我一向不大相信中医，对针灸、偏方、草药等等，更有成见，认为是不科学，无实效。这次目击詹法师的神术，大大改变了我的看法。我想，他取出的一包药粉，想必是麻沸汤之类的用中药合成的麻醉剂，这是可以理解的。最奇怪的是用的刀不消毒，而进刀之后，稍稍拨动几下，拔出后就把病治愈了。真是有什么"法"术么？不，任何魔术是不会真正治好病的。我苦思之后，认为答案只能是：我国中医外科，的确是十分高明的，史籍所载扁鹊、华佗等名医动手术治愈怪病的故事，证明我国很早就有精良的外科医疗，可惜很多失传了。

詹法师必然是一位极其高明的外科医生，有多年的摸索、钻研和临床经验，所以操刀能如此准确、纯熟而手到回春。看他的讷讷寡言，显然并不想神乎其术，他之被称为"法师"，只能说明旧社会一个普通医生谋生的艰辛！

何成濬与叶蓬

三十年代初，武汉的最高权力者是何成濬。我在前文已提到过，他被认为是蒋介石用来盘弄、豢养杂牌军阀的"弄蛇者"。

他当上这个差使，是有其深厚的历史根源的。他在日本学陆军时，就挂籍同盟会，由于花花公子的习性，很早就成为陈其美、蒋介石等在上海吃喝玩乐的朋友。孙中山第一次北伐失败后，他随许崇智到福建，拉拢当地土著军人。黄埔军校成立后，蒋介石派他在上海招揽和收容一些失意军人、政客，输送到广东，供蒋使用。"宁国府"成立后，他就成为蒋的上将级的高级幕僚，但从未正式带过兵。一九三○年中原蒋、冯、阎大战时，蒋把他的主力都调集陇海、津浦两路，以应付冯、阎的进攻，对于平汉路南段一线，只靠杂牌军徐源泉、萧之楚、夏斗寅等部队抵挡着。而这些人，一向观望风色，说不定哪一天会回头反噬，所以，必须有一个善于盘弄者加以抚、驭。蒋就选中了何充当这个角色。当时，何的"南路军总司令部"，就设在平汉路的一列花车上，而调集汉口所有的红妓女、名厨司，以及各色名酒、山珍海味，还运来了大批大土、云土，把这些指挥官们招集在这列花车里，卜昼卜夜、昏天黑地一起皆大欢喜，直到中原大战结束。从此，这些"毒蛇"都把"何雪公"（何字雪竹）作为他们的好上司，蒋也"知人善任"，大战结束后，就派他到武汉继续盘弄这些"毒蛇"。

我到汉口时，他已很少在公开场合露面，听说他经常在烟榻上接见部下。我在汉口四年，只和他接触过两次，一次是我到汉后不久，在一个什么纪念会上碰到他，由新闻界的一个朋友介绍，寒暄了几句。第二次就很不寻常了，忽然，我家里来了两个全副武装的人，说何主任请我去谈话。我跟他们到了绥靖公署，在会客室里等了一刻钟，这位何雪公才同他的办公厅主任陈光组走了进来，他声色俱厉地说，《大公报》近来登载的汉口消息，显然有"为匪张目"之处。我问，有何为证？陈光组从皮包里取出两份报，指给我看：一是陶菊隐所写的特约通信，二是我所发的有关军事的电讯。我指出，通信有署名，可见并非我所递寄；至于电讯，所有汉口发出的新闻电，事前都经新闻检查处检查盖章，如果事涉"为匪张目"，如何能被放行的呢？他无词反驳，站起来怒气冲冲地说："请你好好和陈主任谈谈，这些消息是哪里来的？"说毕就走了。陈光组继续对我盘问，我指出，所发的军事新闻，都是从各报或通信社稿中摘引来的。他们所指的那条"为匪张目"的电稿，是透露了国民党军在洪湖一带失败的新闻，陈找来了那天的报纸和通信社稿，要我提出证据，我把某通信社（恰恰是与当地驻军有关的）所发的"前线"将领告急请援的电文，指出一段给他看了，他才无言以对，送我出了门。看手表，被"软禁"了三小时。

陶先生的通信，很技巧地透露了国民党军在第一、第二次"围剿"中遭到的失败。记得他写张辉瓒、鲁道源如何飞扬跋扈地进攻红区，如何被各个击破，全军覆没。谈到张如何被杀，他的首级如何载在竹筏上从上游漂了下来。还写了一个迄今我还记忆犹新的、富有诗意的小标题："江声无语载元归"。

至于陶先生如何应付过这一场追查，他没有对我谈过。总之，这是我生平第一次受到的"礼遇"，大概也是这位弄蛇将军对我的下马威罢！

归何成濬盘弄、豢养的"蛇"，包括四川的刘湘、杨森、田颂尧等，以及湖南的何键、刘建绪，安徽的刘镇华等；在湖北，何赖以支撑其局面的两条大"蛇"，则为徐源泉和夏斗寅。当时他们都是军长，各辖有三四个师的杂牌部队。

夏以反共起家，一九二七年蒋介石搞"四一二"政变时，夏在长江中游首先响应，进兵武汉，高唱清共，因此，大受蒋的青睐，不次递升。一九三二年，何成濬被迫把他兼任的湖北省政府主席让给了夏，并派夏部下的旅长叶蓬为汉口警备司令。

叶这个人非常飞扬跋扈，我也曾和他打过一次交道。大约在一九三二年末，他非法逮捕了一个小公务员，并以"共产党嫌疑"加以杀害。上海《新闻报》报道了此事真相，叶暴跳如雷，在警备部的机关报上发表谈话，指名大骂《新闻报》驻汉记者刘斯达是什么"造谣惑众"。他还"霸王上弓"，派他的副官，硬把几个外埠各报驻汉记者请到他家里吃饭。席间，他又一再骂刘，并且把目光狠狠地对着我说："如果有人对我不讲交情，我也会翻脸不认人的。刘斯达这样造我的谣，难道我没有对付他的办法？我可以把他抓起来，用麻袋装起，丢到长江里，岂不省事！"我也在《大公报》发过相似的消息。他这番话，显然是"意在沛公"，是对我露骨的威胁，如果我起而辩解，那正好给他借题发挥的机会。我只微笑地说："可惜你太不聪明，自己造成了被动局面。"他问："何以见得？"我说："你已在报上公开痛骂刘斯达，这样，刘的安全就有了保证。今后，刘如果有什么三长两短，不管是不是你干的，他的家属和《新闻报》的汪伯奇，就可以向你要人，你是无论如何推卸不了责任的了。"他气呼呼地无言答对，他的秘书连忙敬菜、敬酒，把话扯开了。

最后，他就因为过分飞扬跋扈、胡作非为而丢了乌纱帽。事情的经过很可笑，可以作为国民党新"官场现形记"的材料。

上海"一·二八"抗战发生，空气也波及武汉，汉口总商会发起防空捐。过了一年多，居然积起了几十万元，准备购买几架高射炮，加强空防。

叶蓬见钱眼开，在他的警备旅里，筹备举行一个空防展览会，想以此为"由头"，抢夺这笔钱。事前，他命令警备旅把营房内外大加粉刷。

一般士兵，总是有朴素的爱国心的，受了"九一八"

"一·二八"的刺激，即使是国民党的士兵，也对日本军阀的侵华切齿痛恨。在这个警备旅里，有一个打靶场，靶子上画了一个戴着太阳军帽的日本军阀头像。在粉刷时，又把它油漆一新。也是"智者千虑"罢，这位叶司令竟把这点忘了，也许根本没注意这档事，不料竟因此为他闯了大祸。

既然是公开展览，中外人等当然都可以进去参观。这个靶子，大概先为日本记者发现了，日本总领事馆接着派人去照了相。于是，日本驻华使馆就向蒋介石提出了严重抗议。

南京方面严电湖北当局彻查此事。当时，湖北省政府主席已换上了张群，张对叶本极不满，借此机会，狠狠奏了他一本。于是，蒋介石赫然震怒，下令撤职查办。

这位叶蓬（这个号也起得怪）司令，莫名其妙地以"抗日"而罢了官，想不到过了几年，就在南京勾搭上了亲日派，挂上了日本的线。在抗日战争期间，先后当了前（维新政府）后（汪伪）汉的大汉奸，最后因此送了命。

看来，历史是很会嘲弄那些小丑们的。

珞珈山与张学良

解放以前，我国的高等学校，真可以说是寥若晨星的。三十年代之初，我在汉口的时候，号称一百三十万人口的武汉三镇，只有三所大学。一所是私立中华大学，其校舍规模还远远不及江苏省立中学，但当时也是国内"闻名"的，因为国家主义派的曾（琦）、左（舜生）、李（璜）曾在此执教，该校一时成为保守的堡垒，以后成立的青年党，不少骨干分子都是该校出身的。另一个是文华大学，教会办的，设在十分幽静的昙华林，房子虽比较宽大，学生却不过五六十人，而且主要是图书馆系，因为只此一家，当时国内略具规模的图书馆主要负责人，大率是该校毕业生。

真正名副其实的大学，只有国立武汉大学。它原设在武昌城内方言书院旧址，后又并入张之洞创办的两湖优级师范，以后改称武昌高等师范，和北京高师、南京高师齐名，为国内培养中学教师的三所学府。

武昌高师改名最后（南京高师于一九二一年即改组为东南大学，北京高师则于一九二三年改称师范大学），大约在一九二四年改名武昌大学，后再改组成为武汉大学，由胡适推荐王世杰任校长，并从北大带来了一批名教授如王星拱、周鲠生、杨端六、皮宗石、陈源等，分任文、理、法学院院长。这些人，都是属于和鲁迅对阵的《现代评论》派。

与此同时，不知从哪里拨来了一大笔建筑费（我怀疑是从"特税"中拨付的），在珞珈山大兴土木，建筑新校舍。

我于一九三二年初前往参观，当时校舍尚未落成。规模的确很大，面向东湖，两山环抱，沿着山坡盖起了一座座回廊相通的四五层教学大楼和学生宿舍，教职员宿舍则盖在对山，是一座座大小规格的洋楼，其规模之大，当时大概只有广州的中山大学、北京的清华大学和沈阳的东北大学可以媲美。两山之间一片平地，则辟为运动场，从运动场仰视山坡上层层建筑，俨如八九层的大厦一样。

一九三三年该校迁往新址后，我曾去正式采访。那时，王世杰已到南京任教育部长，校长由王星拱升任。

翌年，又去过一次，那是因为听说张学良将去视察（那时，张回国不久，以副司令的名义代蒋主持豫鄂皖三省"剿匪"总部），想乘便采访一些新闻。想不到却碰上一个十分意外的场面：好几辆小汽车刚驶到运动场大门前停下，张"副司令"跨下车子，还没有来得及步上台阶，忽然，所有大楼的窗子同时推开，每个窗口探出二三个人头，同时高喊"不抵抗将军，快打回东北去！"喊罢，人头缩进，窗子乒乒乓乓关上了。当时，我看到张学良脸色煞白，恭迎如仪的王星拱等也吓得手足无措。张学良定了神后，立即让随行的卫士不许妄动，并再三嘱咐王星拱等，对此事不要追究，关照完后，他就乘车回去了。

"九一八"事变后，他一直背了这个不抵抗的黑锅，但从未遭到这样"当面开销"的奇耻大辱，而又无法向学生们说明真相，表白心情，他心中的痛苦是可想而知的。

两年以后，他和杨虎城一起发动了"西安事变"，强逼蒋停止内战，准备抗日。这一历史事件，有各种推动因素。我以为，武汉大学学生那次给他的教育，也是重要因素之一。

回忆杨历樵兄

前几年听香港来的朋友说，杨历樵兄已经逝世了。不禁
怃然悼念。

他可说是以毕生精力献身中国新闻事业，勤勤恳恳在
《大公报》工作了一辈子，不愧是《大公报》的开国功臣。
一九二八年我初进《大公报》任小记者时，他已是翻译主
任了。

在旧中国报界，大家都知道有两位翻译圣手，一是《申
报》的伍特公，另一位就是历樵兄。

伍特公是报界老前辈，清末，他在南洋公学读书。
一九○二年该校一批激进的学生，为了反对洋监督福开森，
曾发生轰动一时的"墨水瓶风潮"（把墨水瓶放在一个媚外
教师的座位下面），学校要严办，由教员蔡元培先生率领这
批学生毅然离校，创立了爱国学社。这事，是和次年发生的
"苏报案"相联系着的。伍先生就是这批学生之一。

据《申报》的朋友说，伍特公可以直接从新闻电码翻成中文，从无差错。后来，他被路透社聘用，更可以直接刻印钢版。

解放以后，他一直以少数民族的身份，被选为上海市人民代表。"文革"前不久，年近九十才逝世。

历樵兄毕业于圣约翰大学，他翻译新闻稿，既快而"信、雅、达"，工作非常认真，后进的翻译同事，他必循循善导，仔细地修改每一条稿子。

我的试写政论，也是由他鼓励的。前面讲过，上海《大公报》出版后，《国闻周报》也移沪编印，由他主编，我则每期编写《一周时事述评》和《大事记》。后来，在他一再的鼓励下，试写了一篇时论性的文章，记得内容是从西南问题的解决谈到统一对外问题的。这篇文章登出后，日本的《日日新闻》还翻译转载。从此，我才敢于放笔写这类的政论。

他和《文汇报》也曾有过一段关系，这事，大概只有我一个人最清楚。经过是这样的：一九三八年初上海沦陷，《大公报》上海版停刊后，我和他都闲居在孤岛。一月底，《文汇报》创刊，主持人找我写社论。我问每月写几篇？回答是每天一篇，这就是说要我"包办"了。我就商于历樵兄，请他写国际问题方面的，每月十篇。这样，我每隔两天有一个休息思索的机会。他慨然同意。当时，胡政之先生还未赴港筹备《大公》港版，在沪准备结婚。有一天，他见到历樵兄，问道："《文汇报》的社论笔调很像《大公》，你知道是谁写的么？"历樵兄老实而胆小，红着脸说："不知道。"

过了两天，胡先生派车子接我到他家中闲谈，也提出了同一问题。我直率地回答说："这是我试写的，您看还看得过么？"他笑着说："很好，很好，就怕态度太激烈，会出事。"我说："已经出事了，今天上午敌人已向报馆扔了炸弹，还炸死了一位营业员。"他没有再说什么，谈了些别的问题，我就告辞回家。

不久，我就正式参加《文汇报》，主持编辑部，历樵兄也同胡先生一起去港筹备创刊《大公》的港版。

过了一年半，《文汇报》被敌伪勾结租界当局封闭，胡先生即函邀我重回《大公》。我把《文汇》的后事清了告一段落后，即到港任港版的编辑主任。当时，有两位曾在上海馆和我"平起平坐"的同事，大概有些不服气罢，拂袖而去了。而"论资排辈"，年龄、资格、经验远比我高的历樵兄，不仅泰然工作，而且我有时在他写的社评稿上稍加改动（他写稿很严谨，文字也极好，改动的情况是很少的），他也从不介意。

以后，在桂林《大公报》，在重庆《大公晚报》，也一直是和我密切合作，给我以全力的支持。

我和他最后的合作，是在抗战胜利后复刊初期的上海《大公报》。胜利之初，由于国民政府严密控制交通，《大公报》只有少数几个人在复刊前到了上海。我只得把采访重要国际新闻的朱启平兄"截留"在上海，主编要闻，而请历樵兄主持翻译兼编国际版。就凭我们几个人的努力和大胆，不客气地说，是把报办得有声有色的。比如，国民党残杀昆明学生事件，是我们首先揭露真相并撰论揭斥的。还有，沧白堂事件和较场口事件，我们都把徐盈、子冈发来的在渝报没有登载的真实情况，全部披露，并撰论斥责幕后操纵者，听说蒋介石为此曾暴跳如雷。上海版复刊不久，发行就突破十万，高踞各报的第一位，营业部门前，出现了订报的"长龙"。这在上海是少见的。

一九四八年初夏，我到香港筹备《文汇报》，费彝民兄在金龙酒家请我吃饭，得以和政之先生及《大公》的老同事们欢叙。以后，我就和历樵兄很少见面，而这也已是三十年前的旧事了。三十年来，每每想起他和蔼、诚恳的音容笑貌，和他对工作的认真、负责的精神，总有一股感激的敬意，涌上心头。

严独鹤与周瘦鹃

抗战以前的上海新闻业，有三个同业的组织：一是派报工会。名曰工会，实际是一个中间剥削的组织，操纵在流氓帮会之手。二是记者工会，会员参格限于外勤记者和本市新闻版编辑。三是报业公会，是各大报负责人的组织，主要活动形式是每两周聚餐一次，目的在于联络感情，对新闻检查、报价和广告费调整等协商如何采取一致步骤等等，每家报纸大约有三四个人参加。

《大公报》出版约两个月后，才正式参加，算是经同业"批准"作为成员了。

公会的地址设在三马路绸业大楼里，每次聚餐也总是假座绸业公会的大厅，大概因为这里的厨师相当有名；只有一次，是集体旅行无锡，品尝了无锡有名的船菜，边谈边游览太湖风光。

说是负责人，其实，几个报馆的主要负责人是难得参加的，比如《申报》的史咏赓、《新闻报》的汪伯奇，我就只见过一两次，他们很少露面，可能是害怕绑票罢。胡政之、张季鸾两先生，也只参加过一两次，经常出席的《大公报》的会员，开始只是李子宽（报馆副经理）和我二人，以后王芸生调来上海，也参加了。

这是当时我和上海同业接触的唯一"渠道"。在这里，我开始认识了《申报》的冯柳堂和胡仲持，《新闻报》的李浩然和严独鹤，以及《立报》的成舍我、萨空了等等。

独鹤和周瘦鹃是早就闻名于海上文坛了，我在中学时代，就时常看《申报》的《自由谈》和《新闻报》的《快活林》，虽然并不欣赏它们的内容，如登载的所谓时事漫画，大抵含义浅薄而技巧拙劣，尤其曾引起我反感的是，有一个时期登载的所谓"点将"小说。是由许多名家（当然多是鲁迅后来定名的所谓鸳鸯蝴蝶派作家）集体创作的。而写作的方法却极古怪，比如，今天由毕倚虹写了一段，末尾有那么一句："远望太湖，真是碧波万顷"，这就"点"到了徐碧波，明天就由他接下去胡诌一段。我当时想，一篇小说，怎样可以像百衲衣这样拼起来，而且临时把一条条破布碎绸缝上去呢？这分明是文字游戏了。

但独鹤这位新闻界前辈，却是很纯朴长厚的，特别在《文汇报》创刊初期，由严宝礼兄（《文汇》的经理）的介绍，我和他接触较多，受过他不少的鼓励。解放以后，见面的机会更多，每周有一次在同一小组学习。

他是新闻界有名的吸烟大户，据他自己说，在《新闻报》时期，每天要抽一听多"三炮台"，而只用一根火柴。他是在"文革"中期逝世的,已近八十高龄了。

周瘦鹃先生则从未见过面,因为我到上海时,《自由谈》早由黎烈文、张梓生先后接办,他改编另一副刊《春秋》,大抵不常到馆上班,而移居故乡苏州了。

六十年代初,我考查出版史料,才知道他不仅长于写小品,翻译过大量的欧美小说,还曾译过马克思的短文,是我国最早介绍马恩著作者之一,不禁肃然起敬。

解放以后,他在苏州经营园林,每次赴京参加全国政协,必撰文歌颂解放后的新气象、新事物。想不到这样一位与世无争的老人,"四人帮"也不轻于放过!在他们一手制造武斗时,张春桥对苏州的两派头头说:"你们只是自己打,为什么现放着一个周瘦鹃,不斗一斗!"这位老人听到风声,第二天就投井了,呜呼!

谈《申报》

中国之有现代报纸，大家知道，是始于上海的《申报》。它创刊于一八七二年（后于巴黎公社一年，所以这年份很容易记住），而于一九四九年终刊。

其实，如果我的记忆不错的话，香港《华字日报》的前身《中外新闻七日报》，比它还大约一岁，《循环日报》也只比它后出二年，比一向自诩为老报的上海《新闻报》要早出刊十几年。但是，它们毕竟发行于海外，影响不及《申》《新》两报之广。在我的童年时代，江南一带的穷乡僻壤，也只知有《申报》和《新闻报》。经常可以听到这样的话："拿张申报纸来包包""这个窗户透风了，快找张新闻报来糊糊"。它们已成为报纸的代名词了。可见在旧中国，它们的影响的确是深广的。

记得我在中学时代，先看到《新闻报》馆出版的《新闻报三十年纪念册》，是线装本，内容是福开森、汪汉溪等新旧同人写的纪念文，并无足观。前面刊有几张创刊时的照片，一间门面，大门前站着几个长袍垂辫的职员和背着报袋的报贩，颇可以想见创业时之简陋。翌年，就看到《申报》馆出版的《最近之五十年》，则气魄大得多了。本子既厚且大，而且用道林纸精印，内容也跳出了纪念报纸本身的范围，大都是请了当时的各界权威人士写的，如《五十年来之政治》《五十年来之工业》《五十年来之文化》等等，记得是由黄炎培先生主编的。

《申报》生存的七十七年历史中，大体可分为以下几个时期：一、英人美查创刊时期；二、买办席子佩经营时期；三、史量才接办时期；四、敌伪控制时期；五、蒋陈抢占时期。其中，以史量才接办时期为最长，包括史被军统特务暗杀后，由马荫良经营这一段时期在内，共历三十年（一九一二至一九四一年），约占它的全部生命的五分之二。而且，我以为，只有在这个三十年中，才表现出《申报》的"本来面目"。从辛亥革命以后的改良派立场（史量才曾深深受到立宪派的张謇、赵竹君等的影响，详情以后有机会再谈），随着时代潮流的推动，缓缓前进；"九一八"事变后，更有进步的表现，支援抗日运动，受到广大读者的欢迎，也因而遭蒋介石国民党的敌视，终于对史下了毒手。史量才逝世后，他的承继人大体上也还能保持原有态度。

敌伪时期（太平洋大战爆发后）以及抗战胜利后被蒋、陈（CC系）霸占时期，是只用了《申报》的设备和招牌，作为他们的宣传工具。实际上，从一九四一年十二月敌伪派汉奸陈彬龢占据那一天起，《申报》就已"寿终正寝"了。

以后的《申报》只是借尸还魂罢了。

我于一九六四年前，曾参与旧《申报》的整理工作，翻阅过从一八七二年创刊以后的《申报》，深深感到，它既是中国近代报业发展的缩影，也是我国近代史资料的宝库；不仅新闻记载，连广告中也蕴藏着不少有关文化、经济的史料。当时，决定把它翻印外，还准备给它做一番索引工作（主要因为初期的《申报》，有关政治记载，只有"宫门抄""辕门抄"等分类而无个别标题），以便后人的研究。"四人帮"控制上海后，此事便搁置了。

据当时调查，国内有不少处保存了整套旧《申报》，而以上海图书馆徐家汇藏书馆保持的一套为最全，但也缺少了十几张，后来已设法补全了。大约将拍摄胶卷妥为宝藏，以供历史研究者的查考。

十几年前，曾看到台湾影印的初期《申报》，则缺页甚多，只能算是一种残本。

周善培与赵竹君

谈《申报》的历史，一定要提到赵竹君；而一提赵竹君，就总使我联想到周善培。他们都是清末民初时的神秘人物。在政治舞台上，他们不是总督、总长、总理一类的显赫角色，却都惯于出卖风云雷雨；在近代史的不少关键"回目"中，他们都在幕后插手，甚至排演、操纵。如果要写《官场现形记》的续篇，是少不了这两位"新闻内幕人物"的。

谓予不信，请先摘记几个有关周善培生平的片段：

一、据周自己的记录，他曾在戊戌政变前就在长江轮船上与梁启超订交，并曾在东京做过拉拢梁与同盟会关系的工作。

二、名小说家李劼人在他的《大波》中，生动描写作为辛亥革命序幕的四川保路运动的经过。在当时政治舞台的一角，各种政治、社会力量都登台表演，大打出手，使人眼花缭乱，惊心动魄。周善培充当了一个"二丑"的角色；他是赵屠户（尔丰）的帮闲、智囊，又冒充蒲殿俊、罗伦等立宪派人物的朋友，两面三刀，引人入瓮。而当时四川的一般民众，则恨之入骨，称之曰周秃子而不名（解放前出版的《大波》，对周秃子的描写，尤为淋漓尽致）。

三、邓铿的被刺，对当时孙中山领导的革命运动是一大打击。据说，邓先日接到周善培从香港来信，说将到穗把晤。邓按时到广九车站迎接他的老师（周于清末曾为两广总督幕僚，督办陆军学校），因而被暗杀。

四、一九四九年开国的全国政治协商会议，周也被特邀参加。我在会上看到他，年已七十四五岁，精神还很健朗。不久，他发表了一篇有关辛亥革命的回忆，俨然自诩为保路运动有功人物。吴玉章在《辛亥革命》一书中，列举当时事实，愤怒地加以痛斥。

五、最使人惊讶的，是溥仪在《我的前半生》中，叙述了"九一八"后许多复辟派的幢幢鬼影，特别提到周善培，说周曾从大连向他献策，力劝他及早出关去当"皇帝"。

单举这几件事，就足以把这个人的"脸谱"勾画出来了。

赵竹君"脸谱"上的白粉，似乎比周还要浓重些。

他早年在武昌作为张之洞的幕僚，因工于献媚，被人称谓"赵美人"。后来，因事败露，被张驱逐，遂"息影"上海。后来发表的有关"苏报案"的清宫档案，其中有不少他写给端方等的密报，可见他那时也和福开森等一样，是清廷布置在上海租界里的间谍，专门对付进步人士的。

武昌起义后，他在暗中更为活跃，立宪派的头头张謇，秘密与袁世凯合作，胁迫孙中山辞去临时大总统，让袁登台。

赵凤昌（竹君）的南阳路的寓所"惜阴堂"，就是他们日夜密谋的场所。据说，袁诱胁隆裕太后发表的退位"诏书"，就是由赵最初执笔代拟的（草稿拟好后，由张謇修改，密电北京袁世凯）。

一九一八至一九一九年的南北议和，名义上虽然在上海公共租界的议事堂举行，而实际的磋商、讨价还价，都在这"惜阴堂"，不问可知，赵又是幕后的牵线人之一。

而在辛亥革命前后，《申报》的史量才和《时报》的狄平子，都置身于"惜阴堂"的常客之列。

一九六二年前后，章行严先生发表了一篇有关《申报》的珍贵史料，大意说，清廷于"苏报案"发生（一九○三年）后，没有完全达到镇压的目的（章太炎、邹容等未引渡），而上海租界里的激进空气日益浓厚，宣传革命的报刊如雨后春笋。于是，授意两江总督端方设法收买一家历史长、有影响的报章，以资抗衡，适是时《申报》主人美查无意继续经营，端方乃派人与之间接磋商，卒于一九一○年前后，以巨款买进了美查的股权，而一时未敢公开接收，由《申报》买办席子佩暂时出面经营。不久，武昌起义，时在苏抚程德全手下负责民政的民政长应季中（德闳）本经手此事，乃与张謇、赵凤昌合谋，化公为私，将此项股权由他们三人和史量才瓜分，而由史出面接办《申报》。史以一穷教员（原在浒墅关蚕桑女学任教）而能接收《申报》，外间乃有吞没死友财产之谣，这是因为不明其中真相云。

在北洋军阀统治时期，《申报》的言论态度，一直站在立宪派的立场，反对孙中山，张謇俨然成为督导，他所领导的江苏学阀，也插手其间，而赵竹君的儿子赵尊岳（叔雍）和应季中的儿子朱应鹏一直占据《申报》编辑部的高位；特别是赵尊岳，利用《申报》，附庸风雅，吟诗捧角，和安福余孽王揖唐、梁鸿志等沆瀣一气，互相唱和，最后还跟梁到南京当了大汉奸，经历"前汉"（维新）、"后汉"（汪伪），一直当什么"部长"。

直到张謇、赵凤昌等相继死去，史量才方能摆脱羁绊，于"九一八"后，逐渐靠拢人民，不断进步，使《申报》焕发青春。而史氏卒以坚持抗日救国，遭到蒋介石的毒手。而在抗战胜利后，连《申报》的骨头也被潘公展辈吞嚼了！

记张君秋

我对京戏有偏嗜。在五七干校那几年，每天清晨要"天天读"（语录）、"天天唱"（样板戏），而碰巧一个人在田间劳动时，看看四下无人，总轻轻地哼上一段《洪羊洞》或《打渔杀家》，以抒胸臆。那时常想，有生之年，能够再听一出京戏就好了。

"四人帮"垮台后，这个愿望已实现，而两年多来，真正过了戏"瘾"的，迄今还只有两次。一次是刘秀容主演的《白蛇传》，一次是张君秋主演的《望江亭》，不久前才从电视里看到。经过了十几年的扼杀、破坏，我以为，这两次表演，才恢复了"文革"以前京戏的水平。

梅兰芳是当年"四大名旦"的魁首，张君秋则是"四小名旦"的翘楚。岁月催人，硕果仅存的张君秋，也已届花甲之年。他的重登舞台，真使人有喜出望外之感。

论年龄，他现在和梅先生解放之初登台时差不多，他的嗓音、行腔以及表情、身段，也仿佛梅氏当年，可是，扮相显然不及他的老师，看得出是憔悴多了。不言而喻，这是十多年煎熬所留下的烙印。

我和张君秋也可算是老朋友了。一九四八年我在香港《文汇报》工作时，他也在港，经常和马连良合作登台。他曾邀我到他寓所茶叙。他的母亲原是唱河北梆子青衣的，又善于操琴，那时，不过五十多岁罢，很健旺而好客。我和君秋合唱了一段《打渔杀家》，就请她老人家操弦。

当时，东江游击队艰苦战斗，补给方面还有不少困难。有一天，李任潮先生和其他民主人士对我说，想筹一笔款去慰劳，问我能不能请马连良和张君秋唱几天义务戏？我和君秋一同去找马先生商量。马说："要我们尽几天义务，是完全应该的。但是，不客气地说，徐先生，你是外行，不懂得我们这一行的花样。要你们自己来主持，戏院里的租费以外，横一个开销，竖一个例赏，即使三天全满座，恐怕也'落'不了几个钱，搞得不好，说不定还要赔上几文。我倒有一个主意，你看怎样？不必另唱什么义务戏，我们选定三天，唱几出最拿手而又受欢迎的戏。那三天，我们把池座最好的票子全留给你们，你们可以另盖上印记，每张可以售五元，而戏院仍按一元五毫收费。这样，筹一笔钱，既稳妥，又不担风险。"

君秋也极赞成这个办法，并建议说："外江人很喜爱北京李丽（曾是上海的'红'舞女，以唱青衣戏驰名一时），如果请她参加'票'演三天，那末，涨些票价，就更有理由了。"

李先生听了我商谈的结果，很满意，特地在他的罗便臣道寓所设席，宴请了马、张两位和北京李丽。作陪的，还有蔡贤初（廷锴）和夏衍等。这三位客人对任潮先生款待极为感激，即席各清唱了一段拿手戏，我也奉陪一段。夏衍认为我对京戏颇不外行，大概就是那次所得的印象。

记得马连良那天唱了一段《借东风》，张君秋唱的就是《望江亭》。

票子由好几位进步的工商界人士负责推销，结果还不错，筹到了一笔不算太少的款子。

他们在解放后不久，就回到北京，政治、业务都不断进步，受到人民的欢迎。周恩来对他尤为关怀，曾亲自为《望江亭》提出修改意见。

马连良已被"四人帮"迫害致死了！张君秋恐怕也已忘掉，三十年前就曾为人民做过这一件好事罢。

广告·新闻·帮会

胡政之等在一九二六年接办《大公报》，以"文人办报"为标榜。这和当时的《申》《新》等报比较而言，应该说是真实的。它不以营利为主要目的，在组织上，也不把经理人员凌驾于编辑部之上。

有一个鲜明的对比，可以说明两者的差别。张季鸾和《新闻报》的李浩然先生是陕西同乡，又是幼年同学，我不止一次听到季鸾先生谈起李浩然，说"伯虞先生的道德、文章，是新闻界少见的"。张季鸾在《大公报》充分发挥了他的才智，李先生却在《新闻报》沉默了几十年。一九四七年，他为赶挤电车，被汽车撞伤逝世。我当时曾在《文汇报》撰文悼念他。一九四五年冬上海《大公报》复刊之初，馆址尚未修复，曾借《新闻报》馆出版了一段时间（当时国民党还未完成"劫收"《新闻报》的手续），我看到总编辑的桌子旁边，放着一张躺椅，问这是做什么用的？一位老工友说："这是李先生用的。他常躺在这里，各版送来的稿子多了，我们把他叫醒，他擦一把热毛巾，然后戴上眼镜，翻阅稿件，一张张盖上了'戳子'。"这可以生动说明，浩然先生在《新闻报》几十年，只起了"橡皮图章"的作用，而白白浪费了他的才华和经验。

"新记"《大公报》出版之初，胡政之以总经理兼副总编辑，而张季鸾则以总编辑兼任副总经理，这就改变了当时一般报馆的布局。不仅如此，以后，胡又把曾任编辑主任的许萱伯调任副经理；从此以后，先后开设的上海、汉口、重庆、香港、桂林各馆，所有的经理、副经理，全是从编辑部调高级干部去充任，这显然是有意造成由"文人"控制经理部门，便于为编辑工作服务的局面。

但是，这个布局，在上海也曾发生过波动，主要是受到广告的冲击。

我们到了上海，才知道广告权威之大。上海报的"价格政策"，是有意让发行上赔钱，因此，广告收入便成了报馆的生命线，广告客户就成为报馆的"衣食父母"。从而，作为中间经手安排广告的广告社，不仅可以操纵报纸的广告，而且似乎对新闻的刊载也有了发言权。《大公报》上海版出版后，我们就常常看到本市新闻或副刊版上，发排了一些无聊的稿件，一经追问，才知都是广告户、广告社"托"登的。以后，还发展到了由广告科控制"本市增刊"，编辑部不能过问的局面。

当时上海报馆的格局，实质上是广告户（主要是大工厂、大商号）指挥报馆的广告科（有些通过广告社），广告科指挥经理部，经理部指挥编辑。试问，在这"指挥系统"下，报纸怎么能明辨是非、伸张正义？

当时，有很多人责怪上海报纸刊载工潮和劳资纠纷时，往往不顾事实，偏袒资方。这固然也有编辑者的立场、观点问题，而不知道这主要是由于这个"指挥系统"在作"怪"。

我后来有个亲身经验：在我一九三八年主持《文汇报》编辑部的时候，有一天，听到租界工部局破获了设在沪西"歹土"（当时对越界筑路区的通称，因为那里汉奸横行）的一个大赌场，就派一个记者去调查详情。第二天，看到报上没登出这消息，找记者询问，他说是写了，没被采用；找编辑，则说是这家赌场与某广告公司经理有关系，要求扣登的。

一家抗日报纸竟不揭露汉奸的罪行！我很气愤，层层追查，才查清不仅有"委托"，而且这家赌场还通过这家广告公司向我们的编辑、记者送了钱，甚至牵连到某董事。我不顾一切，把有关的编辑、记者辞退，并把这位董事也轰出了编辑部。

十里洋场是流氓横行的社会，帮会又成为租界控制势力的重要爪牙。

开设在洋场的报纸，不可避免地被他们的细胞所渗入，受他们的恶劣影响。上海《大公报》出版后，就发现有几个在当地招请的跑社会新闻的记者和他们有牵连。

十几年前，我曾搜集有关上海帮会的史料。据几位老报人谈，当时上海的几家大报（且不谈形形色色的小报），所有编本市新闻的编辑和外勤记者，特别是跑社会新闻的记者，绝大多数是拜过"老头子"的，有的属于"黄门"，有的属于"杜门"（分别是黄金荣或杜月笙的徒子徒孙）。

听说"黄门"和"杜门"分别在两家旅社开了"长房间"，作为联档、商议、分赃和吃喝玩乐的场所。《申报》的唐世昌，曾长期作为杜门记者的首脑。

他们最注意遗产纠纷、夫妻离异、谋杀亲夫、主仆恋爱这类的事件。如果有人从法院、捕房、"包打听"那里获得了一些线索，就带到长房间里共同商议。先草就一个新闻"底稿"，由一个比较合适的人去找当事人的一方或两方谈条件。谈的方式大抵是这样："这条新闻是我'掰'下来的，如果不早打招呼，各报就要登出来了。"于是，讨价还价，视情节之轻重，以少则几百，多至几千元了事，保证不再见报。

然后，他们把这笔款子的大部分"孝敬"杜月笙或黄金荣，其余的，按地位高下、"功劳"大小（发现新闻来源和负责敲诈的，"功劳"当然较大），分配赃款。

作为酬劳，这些徒子徒孙们如生活上发生困难，"老头子"也会给以资助；如果他们遭到来自其他恶势力的胁迫，"老头子"会出来撑他们的腰。而当时的捕房、法院以及律师们，大抵也是和帮会有密切联系的。

有一家上海大绸缎庄的老板，曾提供一段亲身经历，颇有典型性。

他在家乡浦东置地造一座别墅，当地一个流氓硬说侵占了他的土地，敲诈不遂，打了官司；他竭力设法，而法院总是偏袒这个流氓，而报纸造他的谣言越来越离奇，敲诈的数字越来越大。有个朋友向他献计："你与其向小鬼低头，不如向菩萨烧香，能够到杜'老板'那里拜门投帖，就根本解决，'扎'回面子了。"

于是，他先托人找门路，送门包，最后，送了三个福、禄、寿三星的金像，花了万把元。"老板"笑纳了。拜了门，并陈述了自己的要求。老板微笑说："这事好办，我关照某大律师（曾做过'老虎'总长的，当时是杜门的清客），你去找他办好了。"

这位大律师开口要五万元，保证官司打赢。他只得如数交纳。果然，没有几天，报纸的记载完全改变了，法院重新开庭，改判他完全胜诉。

他感慨地说："我的气是出了，而一共花了近十万元，比这个流氓原来想敲诈的钱，大了不啻十倍！"

据他事后了解，这位大律师得的五万元，三万元划归杜月笙，他自己得一万元，其余五千元"打点"了法院的经办人员，五千元"应酬"了新闻界（当然是指那些杜门中人）。

听戏和饮酒

张文涓露演了两天《搜孤救孤》，轰动了上海。上海懂得欣赏京戏的人，确是不少的。

我和朋友们谈天（自然是在"文革"以前），常常把京戏和酒相提并论。

"四人帮"横行的十年间，几乎把"酒"禁绝了。两年半以来，"酒"禁重开，艺人们纷纷重理旧业。以须生一行而论，白酒、葡萄酒、啤酒，乃至香精、糖精、酒精合成的果子酒应有尽有，但似乎好的黄酒还未应市。

"余生也晚"，一九二六年到北京读书时，谭鑫培已去世，只赶上看到余叔岩。记得二七年底，刚找到一个半工半读的机会，拿到一个月的薪水，就花了八毫钱买了一张新明戏院的票，首次欣赏了余叔岩和杨小楼的艺术。那时，余、杨合作跟梅兰芳唱对台（梅在开明戏院演出）。那天是杨的《落马湖》和余的《击鼓骂曹》。以后，只要他们演出，每个月至少总去欣赏一次。特别对余，几乎入了迷。最后一次大约是二九年，为了救济鄂灾，在第一舞台唱义务戏，他和梅合作演出《打渔杀家》。我特地从天津赶去，第二天赶回报社上班。

总的印象是，余的做工，处处适合剧情，恰到好处，唱则字正腔圆，非常悦耳。他独创的余派唱腔，发展变化了谭调，但处处合情合理，因字谱腔，四声、团尖、开合口、收声归韵，没有一个字疏忽，而字字唱得饱满。听了他的戏，仿佛品饮珍藏多年的花雕酒一样，使人沉醉，回味无穷。

从此以后，也常看谭富英和杨宝森的戏。他们也属于"黄酒"一类。特别是杨宝森，以余派为号召，其实他已有自己的创造，像香雪酒一样，比陈年花雕，已别具风味了。

据我的教戏老师莫敬一先生（他也是余派，余因病不能出台后，余的班底钱金福、王长林等硬拉他下海，领着他们原班人马唱了一个时期）告诉我，余生前真正传授他的艺术的，只有张伯驹和孟小冬二人。张那时是贵公子（又是"左"嗓），和余相交多年，余放胆向其传授。

孟则在余晚年病中亲加指点。其他则大半为"留"学生（从留声机、唱片学习）云。

抗日战争胜利后，孟小冬露演了一次，演的恰恰也是《搜孤救孤》，的确是余味十足的。

时隔三十三年，看到张文涓的演出，才又过了一次"酒"瘾。

不仅全部唱腔是正宗花雕，而且余派有一个特点：善于在一句唱词中，带一些细腻的小腔，使行腔更精雕细琢，表达的感情更深化。如"娘子不必太烈性"这一段原板中，如"白虎大堂奉了命"这句倒板中，都有些余叔岩独创的小行腔。这次，张文涓几乎全有了。可见，张伯驹先生是把他的独得之秘，毫无保留地传授给了文涓。

我的高兴，不仅为了真正过了一次"酒"瘾，而是这个"花雕"的流派，虽经多年风霜摧残，毕竟保存下来了。

《大公报》在沪出版

从清末以来，上海一直是所谓全国的舆论中心。这是因为：

一、上海是国内最大的都市，又是通向外国的通商口岸，接受新的思想较快，较新式的印刷装备也较易设置。

二、它的工商业比较发达，文教机关也比较集中；由于商业竞争，报纸广告是一个重要的竞争手段；对当时的报纸，广告是独立经营的主要收入。

三、对于清廷、北洋和国民政府的压迫，租界起了一定的庇护作用；因此，各地报纸不敢登的消息，上海报纸可以透露一些，也可以说一些各地报纸不敢说的话。

由于以上这些条件，在相当长的时期内，只有上海出版的报纸能行销全国，也只有上海报可以称为全国性的报纸。

一九二六年天津"新记"《大公报》出版后，采取了新的编辑方法和经营管理，异军突起，成为北方最有影响的报纸。一九二八年北京被取消了首都的资格，"政治南伐"，国民党政府对上海的新闻检查，言论禁锢，日益严密；而天津离政治中心较远，禁锢反而较疏。由于这些主客观原因，《大公报》逐渐为各地读者所重视，行销到长江以南，似乎也成为全国性的报纸了。

一九三六年四月，它的上海版问世。这就俨然有向《申》《新》两报"问鼎中原"之势了。

大约在一九三四年左右，胡政之、张季鸾两先生先后过汉，一位赴广西参观，一位赴四川游览。张先生对我说，此行是为了游赏三峡风景，并乘便看望他的老朋友康心如、心之兄弟。我当时很纳闷，在北方局势这样紧的时候，他们哪来这样的闲情逸致，出来游山玩水？后来我才知道，那时他们两位之间有一点龃龉：张看到北方局势日益危迫，主张立即把报纸的重心移往上海，筹出上海版；胡则主张慎重，不妨再等一等，张因此拂袖去川，想和康氏兄弟合作（他们都是张的留日同学，心如是四川的银行家），另办一报纸。到翌年，《何梅协定》签订，北方已危如累卵，正如当时北平学生说的："北方虽大，连放一张书桌的地方也没有了！"在这形势下，《大公报》不得不做紧急的应变措置，积极筹出上海版，将资财逐步南移。于是，张胡两位的矛盾也自然"统一"了。

我于一九三五年十一月接到胡先生的信，希望我早日把汉口的工作移交，尽快在年初赶到上海，参加上海馆的筹备工作。

那时，我的第二个儿子刚出生；等到孩子满了月后，就把妻儿送往保定（我父亲在保定车站当小职员），过了春节，即赶到上海。到那年秋天，上海版已上了轨道，我才接取眷属，在上海重新安家。七七事变后不久，又把父母和妹妹接到上海，小家庭变成了大家庭。想不到从此以后，一直就定居在上海，虽然在一九三九年以后，曾先后在香港、桂林、重庆工作了六年多，解放战争期间，又再度流亡到香港，但我的家始终没有搬动，屈指算来，已四十二年了。真也可算是一个"老上海"了。

而对于那时匆匆离去的武汉，只在一九四五年九月从重庆飞宁途中，在机舱口鸟瞰了她的劫后残景。解放以后，特别是长江大桥建成后，总想再去重游旧地，看看今昔的变化，而一直未能如愿以偿。

《大公报》以当时报界的北方之"雄"，闯入南方之"霸"的"禁区"，闯进《申》《新》两报的"世袭领地"——上海，遭遇到排斥抵制，是意想之中的。

记得《大公》上海版是一九三六年四月一日创刊的，第一天，就接到不少电话，说在报摊上买不到《大公报》，当时，我们还以为是事前的宣传做得好，上海人惯于一窝蜂，报纸必然被争购一空了。第二、第三天，大量增加零售发行，而读者责问买不到报的电话、信件越来越多。经派人向派报工会了解，原来，所有《大公》的零售报纸，全部被人"吃"进了，一份也不让在市场上流通。

好比一个婴儿，出生后就被施行"封闭疗法"，这岂非要扼死在摇篮里么！

胡政之看到形势不妙，连忙托哈瓦斯通信社的张骥先转请法租界的"闻人"（即杜月笙）出面，打圆场，排筵席，打招呼。这样，报贩们的手中，才开始有《大公报》了。

这仅仅是十里洋场给《大公报》的一次"见面礼"而已。《大公报》遭遇的困难，远不止此。

老上海人都会奇怪，为什么几十年中，上海新出版的报纸总不会长寿长命，像二十世纪之初的《苏报》（以苏报案而闻名），以及后来的《民立》《民呼》《民吁》《神州日报》等等，未尝不有声有色，但都是生命如昙花一现。为什么？主要还不是政治原因，而是其经营方式决定的。

以《申报》《新闻报》为例，他们那时的营业收入，百分之七十以上来源于广告。一份报纸，当时每月订价是一元，零售每份三分六厘，以七折批给报贩，报馆实收二分五厘多，而成本呢？当时《申》《新》两报连本市增刊每份达七八张，白报纸价即近一角，不足之数，全靠广告收入弥补。而当时的报纸广告，大多由广告社承包转发。这些广告社，一向受《申》《新》等报支持、控制，有些还是它们广告部职员直接主办的。

因此，在上海滩上新出版一种报纸，就不可能有大量的广告，因而也就不可能多出纸。试想，同样是每月一元订价，人家每天出七八张，月终把旧报纸出售，还可收回四五角，你一份只有两张，你的销数能打开吗？那么，你也出七八张呢？不消一个月，非破产不可。

《大公报》上海版能够化险为夷，终于站住了，主要还是靠天津出版时的一点声光，在上海的知识分子和文教界中早已有了点基础。其次，是因为国闻通信社早在二十年代初就在上海成立，它设有广告部，后来扩充为《大公报》上海代办部，在四马路设有门市，招揽广告，与若干广告公司素有来往。因此，上海版创刊之初，虽然稀稀朗朗，总也算有了一些广告。

出版了两三个月后，还增出了一张本市增刊，其中有几个本市副刊及周刊，其实也是变相的广告，内容大抵是直接、间接为所刊的广告商品做宣传的。而这个增刊，是由广告科主任直接掌握的，编辑主任只看看大样而已。

因此，大约到了一九三七年初，广告逐渐有起色，收支也基本平衡了。报馆在上海总算立稳了。

本市增刊的副刊之一——《大公俱乐部》是由当时的电影演员唐纳主编的，内容大都是影评和演员介绍等等。因此，在"四人帮"横行时期，它也成为"防扩散"资料，而清除了"四害"后，它又成为揭批江青历史丑恶面目的资料来源之一。

开始通宵工作

对于《大公报》来说，上海创刊的一"仗"，确是生死的搏斗。能够在上海站住脚，就可以行销南方各省，名副其实地成为全国性大报；失败了呢？那末，一旦北方危急，天津失陷，就连退步也没有了。

所以，张季鸾、胡政之两位，是全力以赴的。我于一九三六年二月初到沪时，他们早到了，而且不久他们都把家搬到了上海。创刊之初，社评一直由他们两位执笔。

天津还在继续出版。因此，上海必须另凑一副编辑"班子"，由原北平《晨报》聘请了两位"硬里子"——张琴南和许君远，前者任编辑主任，后者则和我一起任要闻编辑。

琴南兄是很负责任的，总是提前上班，最后看完大样回去，往往天亮了。报馆大概也和戏班子一样，各班有各班的特殊风格。张、许两位编辑的版面，好像总有《晨报》的痕迹，而不大像《大公》的传统面貌。因此，几个月后，他就被调往津馆工作，君远改编副刊和通信版，要闻版则由我一人编辑，而且要看最后一张大样，成为"硬里子"了。

当时各报新闻的竞争，主要看哪家消息翔实（快而正确）和标题判断是否准确。所以，大家要尽可能推迟截稿时间，以免漏掉最后到的新闻。在这方面，我们是在完全劣势的条件下跟《申》《新》两报竞争的。首先，他们的机器新而多，而《大公》仅有一部每小时只能印两万多张的旧卷筒机。比如说，大家要在清晨七时前把沪宁路沿线的报纸赶上早班快车（否则，江南一带就看不到当天的报纸），他们在五时截稿还来得及，我们就非在四时前截稿不可。还有，所有分送非铁路沿线各县的报纸，一向由报业公会每天开专用卡车运输，而《申》《新》两报是"大户"，一切要由他们控制，这两家的报纸一到，就立即开车，所以，其他各报必须赶在他们前面送到，否则，就"过时不候"，对不起，明日请早。

真可说是争分夺秒啊。每天截稿后，总要紧张地等着小样、大样送来，有时来了最后消息，必须抽换改题，还必须赶到排字房和工人们一起商量，尽可能把版拼得快些。直等到印报机开动，印出了第一批报纸，押运报纸的同事回来说：没有脱班。这才嘘了一口气，如释重负，打道回家。

从那时起，这样通宵工作的生涯，一直持续了二十年。

那时，还有一项额外的工作。《国闻周报》由杨历樵兄主编（他还兼任《大公》的翻译主任），而《一周时事述评》和《每周大事记》则由我编写，除每天剪存必要的参考材料外，每星期总要有两个晚上，在截稿以后，赶着编写出来。那两天，回家时总是日上三竿，有时，我的大儿子已背着书包上学了。

尽管如此，下午三时以前，总要赶到报馆。因为《大公报》有一条不成文法，每天在这个时候，从张、胡两位以下的编辑同事，都要到馆看报，和本市各报比较，也要翻阅外埠报纸和外文报，以便发现新闻线索，向驻外记者提出要求，并为当天的报纸做好编辑准备工作，如设计地图和搜集新闻的背景资料等等。

当时我还不到三十岁，正是年富力强之时，还不感到太劳累。而且，我一直认为这样的认真看报，的确是个好制度，以后在我"独当一面"时，不论在《大公》还是在《文汇》，总是坚持这样要求同事们的。

忆"本师"

　　我第一次到上海是在一九二六年。那年暑假，清华大学分别在北京、上海两地招考。我是到上海应考的。考场设在南洋公学。

　　住在浙江路、二马路口的一家小旅馆里，只记得旅馆旁边有一家戏院，从窗口望去，它的大门前贴满了"重金礼聘环球第一、色艺无双青衣花衫某某某择吉登台"等用红纸金字写的广告。入夜则锣鼓喧天，自然是没法安心温课了。大概这戏院就是老的天蟾舞台罢。后来，听说就拆了，把地皮卖给永安公司盖了新大厦了。

　　那时，虽说已在齐卢之战以后，租界里人口激增，而霞飞路一带，还有些城市山林的风味。我步行到法大马路去乘电车到徐家汇，一路只看到一两处红绿灯，有些十字路口，由安南巡捕在指挥交通，戴着红缨帽，站在一个木架上，一声哨子，把三角形的指路牌一拉，车子便循着指的方向驶行。

电车一过金神父路（今瑞金二路），房子便疏疏落落，如入乡村了。

十年以后再到上海，十里洋场又繁庶得多了，作为主要的标志，是矗立在跑马厅畔的二十四层大厦——国际饭店。

这次既然准备长久在此安家落户，就要多深入社会，领略洋场的生活。

有一天，经过国际饭店旁边的卡尔登戏院，看到唐槐秋率领的"中国旅行剧团"正在上演《雷雨》，时间正好，连忙购票入座。

这是我第一次看到的真正的话剧，剧本好，演员唐若青等的表演也很出色，给我的印象很深。第二天，我买了一本《雷雨》，正在埋头细读，张季鸾先生问我："是什么好书，看得这样津津有味？"我说是一本新出的剧本，情节十分动人。他说："借给我去翻翻。"我把书递给他，他就懒散地走到总编辑室去了。

大约不过半个钟头，他回到编辑部把书还我，一再称赞说："写得真不错。"我不相信他看得那么快，已看完了。试探地问："张先生，你看这书哪几点写得特别好？"他不经意地说："布局很新颖，人物个个写得生动，情节十分离奇而又自然，刻画封建社会的黑暗面很突出。"

我当时很惊讶他真有一目十行的天才。

后来，经过较长时期的接触，发现他无论看书、读报，都是紧紧抓住要点，在繁杂的现象中，能够抓紧关键问题，去芜存菁，由表及里。

比如，他每天到报社，首先看市场行情，看公债的涨落和外汇的行市。他是从这里测看国内局势是否稳定，国际形势有什么变化。

他看中外报纸，翻得比我们快，但有时会在某一条新闻上反复沉思。

他的记忆力并不特别强。但是和我们谈话中，可以知道，他对有些数字是记得很牢的，如当时的所谓"五强"（英、美、法、日、意）有多少飞机、多少坦克，已经服役的主力舰有多少，吨位如何等等，都如数家珍，记得很清楚。

古书上说："诸葛武侯得大意，陶渊明不求甚解。"我想，"大意"就是关键问题、精神实质，要务求其"得"，其他枝节的、表面的东西，是可以不求甚解的。

解放初期，我曾应陈望道先生的邀约，在复旦新闻系兼几点钟课。有一次，我曾对学生们信口开河地谈在旧社会办报的经验，说要当好一个编辑，尤其是总编辑，要像交易所的经纪人一样，随时注意国内外"行情"的大势和变化，哪怕是细微的变化，也不要放过。这样，编排新闻才能反映真实，不致本末倒置；在标题、撰写评论时，才能有针对性，比较正确。也要像菜场的老师傅一样，能够辨别新闻的"成色"，一眼就能掂出新闻的分量。我迄今还认为，这些话，在旧社会有一定的道理，对新社会来说，也未必完全是废话。

在这方面，张季鸾先生是十分杰出的典型。白天，他忙于接触各方面的人物，促膝倾谈，也抽空翻阅中外报章杂志，特别是日文的书报。表面上，他不像胡政之先生那样忙于馆务，而实际上则在做大量的调查研究，所以到深夜执笔标大标题时，已心中有数，写社论时，也下笔千言，如同"宿构"了。

他的文章写得极漂亮，极严谨，用字炼句，也务求其当。这是得力于他幼年的苦学和长期的学习。他少年时曾从关中大师刘古愚先生熟读文史。抗战胜利后，我和沈衡山（钧儒）先生在上海愚园路对门而居，常常过往请教。他和季鸾先生是世交。有一天，我们谈起往事。他说："我和季鸾的认识可谓久远了。清末，我的叔父沈卫（兼巢）在陕西当提学使（所谓学台），我那时已中了举，在他的衙门里读书，并帮助叔父批改童生们的卷子。有一年，举行乡试，童生们都已点名归号，闭门炮也已响过了。忽然，气急败坏地跑来一个童生，身材矮小，拖着一条小辫子，提着考篮，诉说赶路的困难，要求特准入围。我叔父是极爱才的，看他口齿伶俐，问他平时读些什么书，有些什么专长，他说，除攻读经史以外，还留心口外的边防情况、山川情势。我叔父叫他坐下来，把长城各口的险要写出。他果然手不停挥地写出了大概，我叔父很满意。他就是童年时的张季鸾，我当时在旁，看到他坐在凳子上书写，双足还着不了地呢。"由此可见，季鸾先生从小就很用功，而又不是死读书的。

我常和友人说，中国搞新闻编辑这一行，如果要推一个"祖师爷"的话，应该推两"司马"——司马迁和司马光，他们把繁杂的史料，提炼编出光耀千秋的史册——《史记》和《资治通鉴》，既客观而又有主见。而王船山则应是政论家的鼻祖，近代社论作者的典范。他把历史上的重要事件，一桩桩加以评断，每篇都有自己的见解，层层分析，鞭辟入里。我曾反复阅读他的《读通鉴论》和《宋论》，发现书中有些论断的推理方法，常常为季鸾先生所运用，甚至有些词汇、虚字，也为他所习用。因此，我曾武断认为，这两部书，可能是张先生曾经费功夫精读过的。

张先生曾一再跟我谈写社论一类文章的文风问题，说写社论要使读者看懂，要与读者思想交流；千万勿写连自己都看不懂的句子；不要自炫渊博，用那些不常见的古怪的字和僻典；也不要搬用别人已说过千百遍的套话、口号。句子不要写得太长，一句话说不清楚，宁可分成两句、三句话说。文章有新意，也要有警句，但那要是信手拈来的，千万不要生造、硬凑，弄巧成拙。

他的这些教诲，我是一直记住的，虽然往往不能做到。

季鸾先生的政治立场如何，特别是晚年站的地位如何，我没有资格也没有能力加以分析、评断，"千秋功罪，谁与评说"。但他在中国新闻史上，是一个杰出的人物，在编辑、采访、评论各个领域都有创造性的贡献，这该是无可否认的。

我是《大公报》这个科班出身的一个小卒，现在是退役的老兵了。在《大公报》先后十八年中，步步识拔我的是胡政之先生，而真正教我练功、学本领的，一直是季鸾先生。我一直把他当作师范，甚至对他的懒散、不修边幅等等旧式士大夫习尚，也曾加以承袭。

仅就师生关系一点而论，我十分钦敬鲁迅之对章太炎。

太炎是俞曲园的学生，后来，师生间对政治和学术的观点相距越来越远，太炎写了一篇《谢本师》，表示与老师"划清界限"。

鲁迅却不是这样，据他自己说，只在东京的几年间和钱玄同、朱希祖等从太炎学习小学等课程。但他以后所写的文章，每提到太炎，必尊称先生。

他们师生后来的政治态度，真可说是相距十万八千里了。鲁迅站在时代的前列，成为思想的先驱、青年的典范；而太炎先生则入民国后即每每与孙中山对立，晚年甚至为孙传芳投壶，受蒋介石馈赠。但鲁迅最后所写的杂文《关于太炎先生的二三事》和《因太炎先生而想起的二三事》中，对太炎还是"一分为二"，做正确的评价，并客观地分析他落后的根源，在于"既离群众，渐入颓唐"。认为他的参与投壶，接收馈赠，"不过是白圭之玷，并非晚节不终"。

再说一遍，仅就师生关系而论（其他，当然是比拟不伦的），我十分钦敬鲁迅的这种态度。

应该说，季鸾先生是我的"本师"，不仅我曾十几年亦步亦趋向他学习，他也曾经心教育我，亲切地对我关心，特别在晚年，曾费了很多精力，想把我培养成为他的"接班人"之一。可惜我辜负了。

举两件小事为例：大约在一九四〇年左右，他由重庆到香港，住在九龙雅兰亭酒店养病。有一天，我中午方醒，他打来电话，说："叔平先生（方振武）今午邀我吃便饭，请你作陪，你赶快来罢。"那时，他已难得写文章。我到方家时，他笑着对我说："为了让你安安心心散淡半天，我今天早晨已把社评写好了。"

还有一次，我在他旅舍相对漫谈，看到桌上有一瓶葡萄汁，问这是不是有利于补肺（他当时患后期肺结核），他说："也很能补血和滋养。你也可以经常服用，把身体养好。你先倒一杯尝尝。"我站起身在桌上随手取一个杯子要去倒，他连忙说："这个杯子是我用过的，注意传染。那边几个都是干净、消过毒的。"

他生平写了不少文章，但从不像别人那样，自我吹嘘，出什么"文存"。他曾对我说，报纸的文章，只是评述当天的时事，是急就章，不可能写得如何深刻。如果再出什么集子，不仅是骗人，而且是害己，将来自己看了一定会脸红的。他逝世后，《大公报》才挑选他一部分文章，出版了《季鸾文存》。胡政之先生在序言中说，每篇都是他细心辨认的。但我后来看到，在香港《大公报》社评那一部分，却有三分之一以上其实是我写的。可见胡先生的"法眼"也有限，没有辨出这些"鱼目"。

搞新闻的全材

　　《大公报》能够在北方异军苍头突起，进而问鼎中原，风行全国，成为旧中国最有影响的报纸之一，有人说，主要是靠张季鸾的一支笔和胡政之的一把算盘。这话，说得对，也不尽然。因为胡氏在"笔"上也花了力气，而在经营方面，岂仅一把算盘而已，可以说，他是全力以赴的。特别在创业初期，一天二十四小时，除了睡觉外，几乎无时不在报馆，无事不经他指挥擘画。那时，他的精力又特别旺盛，我在天津和上海追随他的几年中，从来没看到他有疲倦想坐下来息一息的时候。到"八一三"后，上海馆结束、香港馆开创，才逐渐"权力下放"，不再事必躬亲，撰文既少，管理也改为"遥控"了。

　　也是特别在创业初期，他的知人善任，也是一个特长。《大公报》的人事权，吴鼎昌既少过问，张季鸾也很少插手，是由胡大权独揽的。据我所知，除在天津时代，曾找他在某银行任职的一个表亲来馆兼任稽核账目外，经理、编辑两部，几乎没有他的一个同乡亲故，而十分注意发掘和引用人才。比如，后来成为名记者的长江，原是北京大学的通信员，徐盈和子冈开始也只是投稿的关系，都由他延聘入馆，发挥了他们的才能。

试举我亲身的一件事，来说明他用人的魄力。一九二八年国民党宣布取消北京的首都"资格"后，北平仍不失为北方政治、文化的中心。当时的国闻通信社北平分社既要发中、英文稿，又兼负《大公报》的采访供稿工作，由曹谷冰任主任，有编辑和记者五六人。我当时虽已开始为《大公报》采访政治新闻，但还挂名在北京师大学习（当时北平的所谓国立八大学，学生上不上课是十分自由的），自然，在国闻社里，资望最浅。

有一天，我正在太原采访冯、阎酝酿反蒋的新闻，忽然接到胡先生一电："要事，盼即回平。"我莫名其妙地赶回北平，见面后，他对我说："谷冰已南下奔丧，我只得来平亲自照料。今后，这里的事请你代理主持，今夜我发完稿子后就要回津了。"

第二天，我先去几个熟的机关、学校采访了几条新闻，回到社里，只见编辑部里除了两位抄写员外，没有一个编辑、记者来办公。而那位管总务的同事，正在以长途电话向天津报告，说编辑部的人都辞职不干了，请示怎么办。我这才知道原委，正在手足无措的时候，那位总务先生对我说："老总请你接电话。"

胡先生首先问我："今天的稿子能发得出么？"我说："今

天是可以对付的，但我年轻又无经验，同事们采取这样的行动是完全合理的，你还是另外派一位主持罢。"他说："我不问这些，只问你一句话：能不能挑起这副担子？"我那时才二十一岁多，也是初生之犊不畏虎罢，出于知己之感，毅然回答说："您真是信任我，我一定能尽力干好的。"他说："这就好。我今天就派一个助理编辑到平协助你，你赶快拟一个招聘练习生的广告送《晨报》刊出，招进三四人，由你训练，赶快把班子搭起来。"我惶惑地问："他们几位，您难道不准备挽留了？"他斩钉截铁地回答："我考虑好决定的事，决不改变，我也不'吃'那一套。"说罢，他就把电话挂断了。

以后，就按照他的安排，在许多应考者中，选取了三名练习生，边学习边采访——其中之一，就是后来由《大公报》派去新疆采访，被盛世才扣留了近两年的李天织。

这样，我一"代"就历时两月，等谷冰兄回来，胡先生就把我调到天津任教育新闻版编辑。

从这件小事，可以说明他"老板"的作风；另一方面，也可见他知人善任的铁腕罢。

三十年前

　　五月间，香港《文汇报》派人来沪征稿，说港报三十周年纪念快到了。我听了始而一惊，继而屈指计之，可不，已整整三十年了，真是日月如梭啊！

　　从此以后，我每晚像"过电影"一样，三十年前往事，一幕幕涌进了回忆。

　　到香港创刊《文汇报》，其实在一九四六年就已起意了，那时，国民党政府步步加紧对上海《文汇报》的压迫。有人提议去港创一新刊，不仅可做桴鼓之应，而且互为犄角，使国民党有所顾忌，不敢轻于下手。我力赞其议，但卒以经费难筹，未即着手。

　　一九四七年五月末，沪报终于被国民政府封闭了。当时，上海一片白色恐怖，同事中有被捕的，有化装逃往苏北及其他解放区的，更多的是流亡香港。我蛰居近一年，于四八年五月才设法摆脱监视，到了香港，和早已到港的同事们一起，从事创刊港报的筹备工作。

香港是我旧游之地。一九三〇年赴穗过港，曾做小住，那时的香港远没有后来繁嚣，闹市只有德辅道一段，"巴士"里的乘客，往往是稀稀朗朗的，听说港九居民，当时不过七八十万。三九年夏，上海孤岛的《文汇报》被敌伪封闭后，再来香港，重新参加《大公报》编辑工作，直至香港于四一年底沦陷，潜往桂林。那次，作为香港正式居民，达两年半之久。

但是，时间毕竟又过去了八年，而且，港九同胞经历了第二次世界大战火的洗礼，远非"吴下阿蒙"了；如何让第一次在香港"露面"的《文汇报》和广大读者结识，建立血肉联系，从而使报纸能在海外立足、生根呢？我自问确是毫无把握的。在这方面，早已到了香港的朋友，给了我大力的鼓励和不少宝贵的启示。

当时，已有不少民主战士、文化界权威人士以及进步的青年学生，被迫从上海、南京乃至北平、天津等地流亡到了香港，他们大都是《文汇报》的读者，听到《文汇》将在香港创刊，都寄以极大的期望，并愿积极予以支持。最使我迄今感念不忘的是郭沫若先生。港九同胞中，大概还有不少三十年前的老读者罢，一定记得当时《文汇》的特色之一，是副页、周刊的丰富多彩，内容结实，这就首先应归功于郭先生。郭沫若对《文汇》是一向有特殊感情的，"和谈"期间他在南京和国民党斗争，就为《文汇》写了长篇连载，以犀利的笔触，揭斥国民党假和真打、假民主真独裁的阴谋。后来斗争阵地转移到了上海，他除继续写稿外，还为我们设计了七个"新"周刊，他不仅自己主编了《新文学》，还和杜守素、侯外庐两先生一起，主编了《新思潮》。可以说，他为了扶植《文汇报》，是耗费了不少心血的。

听到我到港筹出《文汇》，他十分高兴。我首次到九龙他的寓所拜访时，他就表示愿全力支持。不久，就为我们规划了七个周刊。我们一起商定，由他和侯外庐先生主编《哲学周刊》。请茅盾先生主编《文艺周刊》，翦伯赞先生主编《史地周刊》，宋云彬先生主编《青年周刊》，孙起孟先生主编《教育周刊》，还有千家驹先生主编的《经济周刊》和曾昭抡先生主编的《科学周刊》等。茅盾先生那时正在写一长篇创作——《清明前后》，我去访候时，也答应让《文汇》首先刊登。

大约在创刊一个多月以前，我请郭沫若主持了一个茶会，邀请上述各位主编先生和在港的部分文化界人士参加。郭沫若在会上的长篇发言，不仅对七个周刊提出了共同的要求和希望，而且对《文汇》在港创刊，热情地提出了期许和鼓励。我们在场的《文汇》同事，一直铭记这篇发言，作为办好报纸的指针。

港九的广大爱国同胞，特别是进步的工人和学生，对《文汇》支持的热烈情况，使我在三十年后的今天，回想起来还是十分激动、感念的。我们创刊的告白还未揭露以前，每天就接到不少来信、来电，询问出版日期；随后，就有数以百计的工人和学生，主动要求担任义务推销员，为我们到处宣传推广。我想，今天《文汇报》的老读者中，必定还有不少当时曾这样热情支持和切实帮助《文汇》的老朋友。

当时《文汇》的职工中，不少是上海《文汇》的旧人，所以，创刊之初，保持《文汇》严正的方针，生动活泼的内容，清新的风格，使读者耳目一新；做到这些，并不十分困难；而创刊以后，所以能"一炮打响"得到意料以上的成功，能在当时对《文汇》来说还是人地生疏的港九站住脚跟，甚至远销海外（当时即有不算太少的菲、新、泰国等处的订户），这主要的原因，就是因为我们有上述的两个支持——以郭沫若为首的民主战士和进步文化人士的支持，以及港九各界爱国同胞的广泛支持。

三十年前，我已有二十年新闻工作的工龄，但从未尝试过经营管理工作，由于我缺少这方面的经验，给这个初生婴儿带来了不少困难。比如，我没有预见到发展情势这样快，租用的荷李活道馆址，大约一共只有二百多平方公尺，低层是机器间，二楼是排字房，三楼作为上海来的工友宿舍，而作为办公用的只有一楼，又分隔为二，前面是编辑部，后面是经理部，我自己就住在楼梯转角的一间仅可容一单身铺位的"斗室"里。这样，业务稍有发展，想增添一张办公桌也无法安排了。更麻烦的是印刷和纸张问题。租用的那架印报机是平版机，每小时加足马力，只能印三四千份，我最初估计创刊初期至多发行七八千份（不少在香港办报的朋友也这样估计），那就可以勉强应付。想不到出版不到半月，订户就突破了两万大关，这部老牛破车，无论如何也拖不动了，再三商请一家同业帮忙，每天代印两万份，才暂时解决了困难。同样由于我缺少经验和估计不足（当然，也因为资金确实十分拮据），创刊前只订了三十吨白报纸，出版两三天后，就发觉这些"食粮"远远不能满足初生"婴儿"日益增长的消耗。赶忙补救，就不仅手忙脚乱，而且不免捉襟见肘了。

虽然如此，我们全体职工的情绪，还是十分饱满而乐观的。主要由于那时国内的形势飞速发展，"水涨船高"，报纸在读者中的信誉也日益提高，举两件小事为例：一是创刊后不久，国民党政府发行了加紧搜刮人民的"金圆券"，而且派了蒋"太子"（大家知道，就是今天窃据台湾的"儿总统"）坐镇上海，杀气腾腾，声称一定要杜绝投机，永远维持通货的稳定。我们根据上海和南京记者寄来的材料，分析当时的形势，一开始就在评论中给"金圆券"这个怪物算了个"命"，断定它至多只能维持三个月的寿命。有些天真的人，看了我们的评论，不免有些怀疑，"不见得会这样快罢"。而事实胜于雄辩，这个"短命鬼"，不到三个月就呜呼哀哉了。还有，在长春解放的前夕，南京方面说是接到了守将的来电，表示一定不负"校长"的教育，与长春共存亡，因而狂吹所谓"黄埔精神不死"。我们针锋相对，写了一个短评，稍稍举了一些例证，如抗日战争后期方先觉"守"衡阳的先例，以及解放战争以来数不清的例子，说明这个口号，只要换一个标点，"黄埔精神，不死？"就十分确切了。果然，这篇短评登出的当天，长春就宣布全部解放，守将有的起义，有的投降了。

创刊以后，我隔几天必过海一次，向郭沫若和茅盾、侯外庐、翦伯赞诸先生请教改进的意见。每次去侯家，外庐夫人必款以拿手的北方面食，她还曾笑着说："你们《文汇报》引起了我们家庭的很大矛盾。"我听了一时莫名所以，侯先生连忙解释说："她这是夸奖你。我们一家大小，一起身就大家抢着看《文汇报》，的确，有时也不免引起争吵呢。"这个例子，可以说明，我们这个初生的"婴儿"，已经开始受到读者的爱抚了。

回忆这历历往事，只能引起我深深的内疚，作为一个助产士，我没有尽到抚育的责任。当这个宁馨儿还不足半岁的时候，我就离开了他，于一九四九年三月，乘船经烟台，到了刚解放不久的北平。一九五〇年夏天，曾回港看望他一次，以后就再难抽身，只是偶然在梦寐中，仿佛还坐在荷里活道的斗室中，握管推敲，欣然编报。

感谢继我任职的各位朋友，把这个婴儿已抚育得茁壮成人。更要衷心感谢港九和海外广大读者对他哺育、信任，使他不断健康成长，英姿焕发。

现在，大家要给他庆祝三十生辰了。古人说"三十而立"，这"立"是什么意思呢？我的粗浅解释，应该是"成熟"罢，也就是说，从此以后，将永远脱离幼稚童年阶段，更加干练，更加踏踏实实地向前迈进吧。

我从一九四九年回到上海后，继续新闻工作；后来改任出版工作。近三十年来，努力学习，业务水平不断有所提高。随着祖国的飞速发展，自己觉得认识也在不断进步。总的说来，这三十年中，除了"四人帮"横行那些年，和其他正直的知识分子一样，受过迫害外，生活一直是愉快的。可以告慰海外的"亲"友。

特别是粉碎了"四人帮"以后，真是举国欢腾，一日千里。我一直沉浸在欢乐的海洋之中，心情无比舒畅。最近，在上海市政协的诗会上，我也情不自禁，即席填了一首词：

心红人不老
（调寄"好事近"）

雨过风光好，
四下阴霾尽扫；
天朗气清云淡，
旭日当空照。
燕舞莺啁春意闹，
到处繁花笑。
策马阳关大道，
心红人不老。

朋友们都知道我对于诗词素无研究，这词，自然只能算是门外"打油"，但这不仅可以反映我自己的心情，也约略可以说明像我这一辈老年知识分子的雄心壮志吧。

的确，现在国内的老年人是更加不服老了。上海有一位炼钢专家说，他今年八十二岁，要像二十八岁一样，为钢铁的大赶快上，贡献自己的"青春"。还有一位老年科学家提议，所有老同志都应该自动减轻五十岁，英勇地参加新的长征。

今年六月，我才满七十一岁，有一位权威的医务人员说，据最近的统计，上海市民的平均寿命，已提高到七十二岁，我还落在这"水平"之后，比起上述这些老人来，我还真是十足的小弟弟。自从"四人帮"垮台后，多年血压偏高的小病，也不知不觉痊愈了，此外，别无其他慢性病。我也要和其他老年朋友一样，不服老，不掉队，奋勇前进，尽力做出贡献。同时，我也要尽可能爱护健康，为的是争取活到二〇〇〇年，亲眼看到我们亲爱的祖国，挺然走向现代化国家的前列。

我自信这个希望是一定能够实现的。因此，我还有一个雄心壮志，要在建国五十周年大庆的前一年，亲自再到香港，参加《文汇报》——我心目中的宁馨儿——盛大的五十庆典。

一九七八年七月写于上海

后 记

　　一九七六年"四人帮"被粉碎后，我也算重见天日，有了发表文章的自由。像久已不登台的老艺人一样，满怀喜悦，重新拿起尘封了整整二十年的笔，想写点什么，为四化事业贡献一点微薄的力量。也像有些老艺人一样，毕竟长期没有练功，身板生硬了，嗓子也失去圆润，情绪很高，总感到有些力不从心。写出的东西，自己看了也有些脸红。

　　几年来，写了不下四十万字，多半是一些陈年烂谷子。除一部分刊在国内各报刊外，大多投寄香港《文汇报》。因为，一则，上海、香港两家《文汇报》，初期虽都由我主持"笔政"，但上海的，我一直只能算是"奶妈"，长期耗尽乳汁、汗水，却落了个"资产阶级方向"的恶谥。香港报则是我亲身"怀孕"的，抚育时间不长，"母子"间一直保持着正常的关系，所以，我对它更多偏爱。再则，那些禁锢

· 217 ·

的条条框框，海外的报纸要少些（当然也有），写起来可以"没遮拦"些。尽管我为了不愿说假话，不会善观"风向"，吃足了苦头，但积习难改，下笔还是要写点自己想写的东西，否则，宁可不写。

香港三联书店把我在港报写的东西，编次成书，书名仍用《旧闻杂忆》，第一册早已问世，第二册亦在付印中。

今年九月初，我应邀赴港访问，历时七十多天。阔别了三十年，重游旧地，恍如刘阮当年，山中七日，世上千年，"尘世"的一切，都感到扑朔迷离，难以适应。友人们虽一再坚留，我还是及早回来了。

在港期间，曾应各报邀约，写了不下十万字，主要是为《新晚报》三十年报庆，每天写一篇，总名《海角寄语》，直到我离港前夕，已写了三十多篇。都是急就章，内容和文词，两无可取，只是真实地写了一些十年浩劫乃至二十年极"左"中的片段。这一段历史，将来总要有历史家好好编写的吧。我写这些，或者可以提供一点线索，如此而已。

四川人民出版社愿意把《旧闻杂忆》在国内出版，并征得三联书店的同意。征询我的意见，我当然很高兴，因为该书在港出版后，不少朋友想购阅而苦于没有外汇，我又无法一一满足。现在，有了国内版，这个问题就好解决了。我还和出版社的朋友商定，把《海角寄语》也附入刊印（《海角寄语》因要修订，暂不收入）。

以后出版第二册时，也同样由四川人民出版社照此编排。

《旧闻杂忆》和《海角寄语》，写的全是旧闻，所不同的，前者是更旧一些，后者则是较新的旧闻，因此，触及禁网的地方可能有一些。但我想，这些都已是过去了的事实，不把它稍微说说清楚，怎么能让大家消除余悸、心气顺遂、昂首挺胸、毫无顾虑地投身于四化事业呢？

我从一九二七年起，参加新闻工作。现在还有不少老友，比我的报龄还长。但正如我在《自序》中自我介绍的，我曾再接再厉，亲自埋葬过五个（次）报，也曾亲自开创了五个（次）报，最后还被泰山压顶，压在"石窟"里整整二十年。这样大风大浪的经历，恐怕是很少前例的。

这次赴港，很多朋友都说我的腰并未压弯，这支笔好像还依稀当年，很觉纳罕。最使我感动的，先后在香港中文大学和广州暨南大学讲话后，不少青年学生，投给我以热烈的期许，希望我对改进报纸工作，从而对推动民主，有所献替。

我想，在这垂暮之年，还能贡献些什么呢？力所能及的，只有趁记忆力尚未完全衰退以前，尽快把所知、所闻、所经历的，凡认为对今后可资借鉴的，统统写出来。当然，对于正在发生的一切，如以为可以联系起来谈的，也不免要以一孔之见，晓舌几句。

我自己认为，这是今天我对国家唯一可能的贡献。

　　有的朋友说："你写的东西，既不像杂文，又不像时下的新闻报道，也全无过去那种野史、掌故的笔法，似乎很别致。"我答："就算是一个新品种，勉强称为'新闻体杂文'吧。"

一九八〇年十二月于上海

编后记

《旧闻杂忆》曾由香港三联书店（1981）、四川人民出版社（1981）、辽宁教育出版社（2000）和生活·读书·新知三联书店（2009）先后出版。本版在上述四个版本的基础上重新做了核对和文字规范处理，校正了部分错讹之处。

徐铸成先生是近代中国的著名报人，也是老一辈的新闻家，他数十年从事新闻工作，已形成了其自身的且带有时代特征的文字表达习惯，其中包括不少口语化表达，与今日的文字规范略有不同，编辑认为此类情况应予尊重，保持其原汁原味，不属于文稿硬伤的，则不宜修改。

对其中确实需要做统一处理的情况，编辑做了如下处理：

涉及全书统一的规范字仍然统一为"现汉"标准，

如：像／象、做／作、那／哪等。

年份、数量等表示，均保留（或统一成）汉字；门牌号、房间号，作者以阿拉伯数字表示，不做修改。

部分作者使用的特定的表达方式和时代习惯，如"星期"意为"星期日"，"酬应"即应酬之意，"通信"即为"通讯"，均不做修改；"一忽儿""欢迎词""那末""公尺"和语气词"罢"，也不做修改；"所以"在当时作为"之所以"用，也不做修改。

涉及机构名称的"国闻通信社""哈瓦斯通信社"，不做修改。

报纸名、京剧名、著作名、文章名，无论全称还是简称，统一加书名号。

以时间代指的事件名称，如"九一八"等，若无中圆点，则不加，若有歧义，则保留中圆点。

2022 年 8 月

图书在版编目（CIP）数据

旧闻杂忆 / 徐铸成著. —修订版. —上海：
上海三联书店，2022.9
（徐铸成作品）
ISBN 978-7-5426-7728-0

I. ①旧… II. ①徐… III. ①杂文集—中国—当代
②随笔—作品集—中国—当代 IV. ①I267.1

中国版本图书馆CIP数据核字（2022）第107693号

旧闻杂忆（修订版）

著　　者 / 徐铸成

责任编辑 / 朱静蔚
特约编辑 / 李志卿　项　玮
书票插画 / 罗雪村
内文设计 / 微言视觉｜苗庆东　沈君凤
封面设计 / 聚中 DESIGN WORKSHOP｜熊琼
监　　制 / 姚　军
责任校对 / 项　玮

出版发行 / 上海三联书店
　　　　　（200030）中国上海市徐汇区漕溪北路331号中金国际广场A座6楼
邮购电话 / 021－22895540
印　　刷 / 唐山楠萍印务有限公司

版　　次 / 2022年9月第1版
印　　次 / 2022年9月第1次印刷
开　　本 / 889×1194　1/32
字　　数 / 150千字
印　　张 / 7.5
书　　号 / ISBN 978-7-5426-7728-0 / I·1768
定　　价 / 59.00 元

敬启读者，如发现本书有印装质量问题，请与印刷厂联系022-69381996。